法国128影视手册

电影剧本的创作

[法]多米尼克·帕朗-阿尔捷/著　　孟　斯/译

APPROCHE DU SCÉNARIO

CFP 中国电影出版社

法国 128 影视手册
出版前言

“法国 128 影视手册”系列丛书是 ARMAND COLIN 公司于本世纪初成功打造的一套涉及电影、电视的实用性手册。该丛书涵盖了影视理论、创作、制作及营销管理技巧等方面的内容，一册一个主题，共 128 页。文字简明扼要，深入浅出，读者对象包括影视爱好者、专业大学学生及影视从业人员。

近年来，随着影视文化产业改革步伐的加快，中国影视业正在努力缩短与国外的差距，越来越多热爱影视艺术的年轻人热切希望学习影视创作及其相关的理论，影视教育日益普及，由此带动了影视专业图书市场的繁荣。

为了适应不同读者层的需求，作为国家级唯一的电影专业出版社，我社从“法国 128 影视手册”系列丛书中慎重选择了六本，引进翻译出版，读者可以从中获得影视基础知识和创作常识。在这套丛书的文字翻译上，我们追求既保持原汁原味又适于中国读者阅读的行文，一改外版影视专业理论图书枯涩难懂的面貌，使之深入浅出、通俗易懂；在图书装帧方面，我社的编辑和设计人员力求在设计上与原著风格保持统一，让读者能更直观地感受国外影视理论图书的风格。总之，我们希望通过这套丛书的翻译出版，给广大读者更开阔的视野，更多的选择，使读者能够轻松开启影视艺术殿堂的大门。

目　　录

引言：什么是电影剧本

创作是不应该有规程的，如果创作时有章可循，那么提香和韦罗内塞就并不伟大了。

——约翰·拉斯金《艺术评论》

以动词看开始。

曾经有一个时期，编剧很受公众和电影界重视，这段时间对编剧们而言可以说是很幸福的。那是在 20 世纪 30 年代的时候，尽管平日工作繁重，但全家在周末去看电影，已经成为人们的一种习惯，那时候的电影主要是斯巴克、奥朗什、让逊，还有普雷维尔的作品。战后时期，又多了一些新人，比如，波斯特、西居尔和更晚一些的奥迪阿尔。这个时期，剧作家们被公众承认，并且由导演们支付创作费，但是最终，这个数量迅速上升的剧作家群体，成为了制约法国电影发展的主要因素。只有少数的七八位编剧有规律地坚持为法国电影事业而工作，许多人灵感匮乏，每个人只有一个故事可讲，而几乎每个人都是为了出名和获得像奥朗什和波斯特那样的成功才进行创作的。毫不夸张地说，法国每年拍摄的数百部电影，讲的都是雷同的故事。

对编剧的怀疑最终导致了电影史上的"新浪潮"，这个时期强调重建导演在电影制作中的决定性地位，而编剧则失去了他们作为电影作者的地位，这一状态一直延续至今。

可是,无论如何,我们都有必要重新对这个在电影行业中重要却有争议的复杂问题进行澄清,以免它在我们年轻的编剧进行职业选择的时候产生负面的影响。

新浪潮,树立了导演在电影制作中的真正的“作者”的地位,从那时起,“作者”这个词语就失去了它曾经作为“创作者”的含义,而演变成为把剧本或是对白呈现出来的人,也就是导演。于是“作者”可以是导演,他是对电影进行艺术创作的人,而不必是电影剧本的创作者。但是,之后“作者”又演变成了一个混合的身份——编剧兼导演,即编导,既进行剧本的创作又把剧本搬上银幕。“编导”并不是一个新的职业,但却是一个重要的新名词,在这个词中,编剧又重新和“作者”连在了一起,一个编导可以说是作品的“作者”。

事实上,这种名词意思的变化离不开词语运用的时代背景,但是这种演变也必然会产生一系列后果很难衡量的问题。比如,现在我们许多年轻的法国电影爱好者都用法国的电影思维来看美国电影,认为美国电影的“作者”应该是其导演兼编剧,他们认为约翰·福特、弗兰克·卡普拉、阿尔弗雷德·希区柯克、霍华德·霍克斯、罗伯特·阿尔德里奇,以及拉乌尔·沃尔什,是导演同时也是编剧,但实际上并不是。这些美国电影的前辈,从不自己创作剧本,而是把剧本搬上银幕的导演,但与此同时,美国电影中又不乏我们定义里的导演兼编剧(编导),奥逊·威尔斯、伍迪·艾伦、艾伦·鲁道夫、约翰·卡萨维茨和最近的昆廷·塔伦蒂诺,不单是导演,也是电影剧本的大家。

词意的变迁所引来的导演、编剧和创作者这三个概念边界的模糊,会同时带来职业定位和职业功能的混淆,这是更加危险的。编剧已经不能作为一个完整的职业而存在了,它已经变得十分平常,对于年轻的电影从业者来说,他们要努力成为的是编导。在这里,我们不能说这样的努力是徒劳的,因为法国的当代电影就是建立在这样的职业概念之上的,但是这样的定位会使得一些矛盾和危机通过某些方式显现出来:

(1) 导演和编剧合一意味着一个人可以同时兼任两种职能,但在真正的实践中并不是这样的。事实上,编剧和导演是两个完全不同的职业。编剧必须使一个人物达到在心理特点、生理特征和(电影)技术上的完全统一。而导演的职责则像是乐团的指挥,心理治疗师,技术总监兼演员兼剧作家。导演会不断在头脑中演练符合剧本的准确场景,然后在现实中展现出来。因此,导演要时刻铭记自己职业的初衷,创作的初衷是所有作品的根基,编剧要求的素质和创作动机又是另外一些了。

(2) 导演和编剧合一又造成了对于编剧这个职业在功能和作用上的低估。的确,借助于电影技术(比如说胶片),把编剧的作品效果鲜明地呈现出来的人是导演。但是,我们并不能因为编剧所创作的文字篇章通过电影手段的呈现而消失了,就低估编剧的作用。就像剧本在话剧中有着重要的地位一样,在电影中编剧所创作的剧本也应当被提升到首要和整体性的位置,尽管在电影中剧本经常会被导演进行技术性的改编(台本),经常更改对白。在话剧中,导演的地位很重要,但是相比之下编剧的地位要重要得多。

(3) 最后,导演和编剧合一使对剧本本身的关注下降,特别是在创作时期。现实中,导演们通常喜欢在拍摄过程中对剧本里的问题直接进行解决,而不是通过对剧本本身进行重写。不过这一现实也要求编剧在创作过程中严格遵循规定的格式。

对于编剧作用的低估不单纯是因为导演和编剧合一，一些外部因素，比如经济因素和政治因素也在其中起着作用：

一方面，拿视听传播产业来说，虽然在其发展过程中有着逐渐重视剧本的趋势，但他们却没有意识到编剧所起的作用。剧本是全剧的根本，它要求被处理得十分精细，但是业界对编剧却没有严格的要求。于是，剧本和它的创作者之间的差距形成了。这种情况在电视业尤其明显，最终产生了许多负面影响。比如必须要对编剧的剧本在形式上进行再次修改。更加奇怪的是，法国电视业逐渐形成了美国的泰勒①制管理体系，这种趋势又引起了许多电视编剧的不满。

另一方面，法国电影界越来越倾向于以导演而不是编剧的名望来提升电影的知名度，编剧日渐不受重视，除非，如上所述，电影是他自编自导的。

这种情况的形成当然有编剧自己的原因，他们不愿意或者是不敢去挑战已经形成的体制，在他们看来这样的体制是不可扭转的和永恒不变的。但是，为什么要创作一部电影反而要由别人来拍摄完成呢？那些刚刚加入编剧队伍的新编剧总会暗自思忖：“既然做导演要容易得多，我为什么还要做编剧呢？”这样一种对自我价值的怀疑也导致了现代电影界在政策制定方面对于导演和发行方面的偏向，从而造成了剧本创作领域的资源贫乏。

因此，目前急迫的问题就是要再次提升电影剧本和编剧的地位，同时，也要使编剧工作独立于导演工作。首要的

① 泰勒：美国工程师 F. W. Taylor，以创立科学管理制度泰勒制而被誉为“科学管理之父”。——译注

任务是,剧本应使读它的人产生兴趣。不要忘了,虽然剧本通常都转化成了电影,但如果没有剧本,是不会有电影的。另一方面,许多导演都认为,提升编剧的地位十分必要,因为这样至少可以帮助导演延伸和拓展想像力,而大部分导演都认为目前编剧在剧本中设置的冲突不够扎实。

什么是作家?作家就是进行创作的人,就是以图书的形式、通过词句来呈现作者最本质的想法的人。什么是雕塑家?我们可以用同样的形式来定义,雕塑家就是以石和木或是其他的材质为载体,通过抽象或是具象来反映自己创作思想的人。其他关于音乐家、导演、木工的回答应当是一致的。所有的这些回答事实上都或多或少地有着逻辑上的联系,本质上它们都反映了创作的活动和最后在物上的呈现。

但是,什么是剧作家呢?剧作家是从事剧本的写作,但是并不把它呈现出来的人,同时剧本一般并不是可读性的。于是,剧本同它的更高的形态之间形成了断层。如果要使剧本所表达的意义能被人领会,编剧要绝对地一丝不苟。编剧必须认识到:

(1)编剧工作实际上是一个未尽的工作,对它的补充要在电影实际拍摄过程中才能够完成。

(2)剧本必须要转换成影片,原始创作必须要得到呈现,这是一个不可逆转的过程。对于编剧来说既令人欣喜,又是痛苦的,因为表达的情感可能会出现不一致。

(3)编剧必须学会运用综合手法,这其实是需要技巧的,需要运用传统的写作手段来反映电影化的叙事,即影像,把熟悉的事物以及日常感情融合,形成电影性的图像。

总之,剧本是电影的开始,是编剧自己的作品,尽管是未尽的,但它是全局的根本。最后所展现出来的电影中的情节，都来自剧本。这样看来，编剧们真的应该感到很自豪。

剧本的形式

一　剧本是为谁而创作的?

1.1　剧本的格式

剧本的格式是很严格的，许多刚刚开始写剧本的编剧认为这样严格的规定太专断了。但是，这样的规定并不是一种简单的无意义的规格化，也不是巧合的结果，事实上，剧本的规格反映了：

(1) 电影特有的戏剧元素，和一些电影常用的工具和手法；

(2) 电影拍摄中的技术要求，编剧必须时时刻刻意识到技术层面的要求；

(3) 考虑到剧本读者的情况，读者主要是指导演、技术人员和观众。

另外，剧本的特殊格式要求编剧对其作品的形式格外注意，这样是为了突出戏剧元素和电影的叙述特点，同时也为了与其他形式的叙述艺术(舞台剧本、小说等)相互区别。比如，编剧会时常反思，如何叙述故事才能够适合电影的特点？电影中的对话陈述能否真正充分表达编剧自己的意图？

于是，显然，编剧在进行创作之前，必须要集中深入地确定最能够表达自己意图的剧本格式。

1.2 剧本是为谁而作

单纯的作家是通过书本，单方面地与读自己作品的读者一对一地"交流"，而剧作家的情形则完全不同，剧作家必须同时面对多样化的读者，事实上，编剧的剧本会被不同的读者进行专业化的拆分，因为所需不同。

在剧本成型后，剧本会按照先后的顺序，交给导演、技术人员、演员和观众阅读，因此，剧作家往往要不断对剧本的形式进行思考，同时要考虑技术方面和戏剧方面的要求。

读者

在美国，剧本的第一个读者是剧作家协会或是制片厂和独立机构①中的职业"读者"②，他们负责筛选出可以拍摄的剧本。如果编剧可以直接找到剧本的拍摄方，制片人就是剧本的第一读者，不过这种机会在美国极为少见，在那里，许多责任只有那些被赋予法律效力的机构才能承担。

在法国，则没有这样的限制，通常第一个阅读剧本的人很可能是本片的制片人，或者在更理想的情况下，会是导演。之所以称之为理想情况，是因为我们期望的是摄制过程中编剧与导演的紧密合作。

剧本的一个重要特点是它是被写出来的，因此它有自己的形式、结构和语言，语言贯穿着整个剧本，它不仅使剧本可读好看，同时也给读者提供了想象的空间。我们不应当仅仅认为电影剧本是一个交待了故事的地点且与舞台剧本交待场景特征的方式不同的剧本形式。在剧本的写作

---

① 这些独立机构是类似电影制片厂的机构，之所以名称区别于制片厂，是因为创建的本意是为了打破电影制片厂在电影行业中的垄断。

② 是专门负责阅读剧本的机构人员。

中，所有非对白的文字都是描述性的，并且都会暗示着一个场景，准确地说，这种对场景的暗示，是剧本最具特色的地方。在创作过程中，编剧会同时运用其将文字视觉化的能力，当然还有写作的能力。也就是说，编剧一方面进行着文学性的写作，另一方面，又展现出了人物性格以及大量的戏剧信息。

导演

处于电影创作的第二步骤的是剧本的导演，当他们没有亲自进行剧本创作的时候，经常是首先读到剧本的，尤其是在法国。另一方的介入，当然会引起分歧，编剧和导演经常会对剧本有不同的看法。矛盾最激烈的时候就是当编剧最初希望自己能够导演自己的剧本的时候，他们会把导演和拍摄方法也写进剧本里，这种情况下，编剧就不能充分考虑剧本主体本身所需要的戏剧化安排和必要的设计了。如何重复都不为过的一点就是，就本质而言剧本一方面应当提供所有戏剧化的元素，另一方面也应当留给导演充分的再创作空间。

编剧和导演的共同创作究竟能否实现，答案是，不可能的。事实上，真正决定最后拍摄结果的，仍然是编剧所写的内容，可拍成电影的剧本依然忠于编剧的创意，而不是其他人的。在这个过程中，导演实际上是扮演了一个翻译的角色。但是导演依然十分重要，尤其是当他们能够用画面挖掘出剧本的内涵或是将剧本升华的时候。

尽管如此，一个精心编写出的剧本，会要求导演无论如何都不能背叛故事的主旨，连背景也不能脱离。所谓的升华，也是基于编剧的视角，呈现出自己的想象。从导演的作品中我们会看到剧本要呈现的几乎所有主题。

技术人员

通常情况下，必须要读剧本的还有剧组的技术人员：制片、导演助理、摄影师、灯光师、副导演、剪辑师、场外监制、化装师、道具师、布景师等等。他们主要着重于研读剧本中关于自己工作的部分。

举个例子来说：

场外监制一般会整理出剧本所涉及的不同的外景镜头；

副导演会协助导演结合剧本类型、情节和人物特征选择合适的演员；

制片也会监督镜头的剪接，以保证在同一个地点发生的事件能够连贯起来，比如在稻田的外景和在银行金库的内景戏就要剪开，同时还要保证时间上的连贯性，因为实际拍摄的时候并不是按照时间顺序的，一般重要的场景都会放在前面拍摄的。

布景师也同样决定着一部电影的成败，他们会通过剧本来如实地创设出剧本反映的氛围，比如一个人自杀时的环境应当如何设置。通常来说，环境、布景以及地点都能够对人物起决定作用。

演员

演员是一个剧本的重要元素，当然也是剧本的重要读者，编剧在创作过程中经常会注意设计合适的语言，以推动演员的表演。

但是，编剧也应当注意，在创作时要尊重演员的人格，因为剧本的结构特征使编剧能给表演者提供充分的人物资料、事件背景和环境，使演员易于呈现所饰角色。与此同时，编剧应当注意避免使用低级的词汇和过度的张扬，人物的对白应当一方面做到尽量充分，另一方面又能够让演员赋予人物更立体的内涵。

剧本中的对白，不仅仅提供了一种行为，更重要的是能通过对白展现出人物的性格及其对事物的态度，比方说，描写一个人因为愤怒而说了过激的话语，这个时候就不必再用文字告诉演员要表现出愤怒，因为对白已经传递了这个信息。

戈赫德(生气地)："他妈的!"

相反，如果戈赫德用另外一种方式来表达自己的愤怒时，就必须要给演员指出如何表演，用何种口吻：(慢慢地，漫不经心地，笑着)。

这种情况下就是另外一种人物性格了。

几乎没有人在阅读剧本时能想到编剧的存在，可以确信的是如果编剧想要表现自己对作品的意愿，他也应当尽量表现在小的方面，因为如果一个剧本中编剧的意愿过于强烈，就会影响到剧本从文字到影视的转化，同时也会影响到故事本身的连贯性，以及演员对剧情的参与。

总之还是推崇一种便于演员表演的剧本创作方式。

观众

尽管观众从来都没有读过剧本，剧本却同样是为观众创作的。编剧创作时要同时保持剧本与其读者和剧本与观众的不同的联系，也就是要同时保证剧本的技术性和戏剧性。

从技术性的角度来说，阅读本子的剧组人员随时都要尊重剧本，他们的作用既不是叙述故事又不是预先编造情节，而是对剧情的"闪回"，把文字的叙述通过银幕展现出来，闪回直接要求剧组人员通过对剧本的理解，确定出剧本中的时间关系，剧本中会给出相应的内容。

从戏剧性的角度来说，一个剧本的故事从观众和剧组人员处得到的反应也是不同的。比如说，悬念的运用，剧组人员在阅读剧本的时候很快就能看破，而观众往往是到最后才能知道真相。再如剧本中的“闪回”是集中地告诉观众某件事情发生的时间、地点和事情经过。

编剧

正如前面已经提及的，剧本的严格的格式要求，会使编剧时刻留意剧本在技术和艺术层面上的水平。下面就让我们先来看一看编剧在剧本中关于场次标题的运用。

例子：

内景—简的公寓—晚上

上面的三个部分组成了一个标准的场次标题，形式上有严格的标准，内容随场景变化而变化（也可以是：外景—游泳处—上午），通常是放在每场戏台词的最前面，按照上面所示的顺序。

（1）内景是对地点的说明，通常是放在场次标题的最前面，内景是相对于外景来说的，它告诉了读剧本的人这场戏的位置。

一方面，剧本中这样的说明表示出了对于技术设备的要求，使技术人员提前知道了剧本中有多少场是在室内拍摄的，有多少场是在室外拍摄的。同时也便于影片最后按照场景剪接。对于摄影部门来说，摄影师可以通过拍摄地点的说明安排合适于不同场景的拍摄设备。

另一方面，场次中的地点说明也使编剧时刻注意根据剧情的发展、叙述主题的变化、故事氛围以及电影本身的要求变换场景（外景—内景），不过这种变换在一些情况下也不是必须的。如果不考虑剧情的发展，外景有时会更利于情节的设计、人物性格的展现以及主题的突出。比如《哈姆雷特》（劳伦斯·奥利弗导演）就是在外景拍摄的，主要是在埃森诺尔的城堡外。

(2) 简的公寓通常处在场次标题第二部分的位置，同样也是对地点的说明，但是要比前部分的外景和内景具体很多。它提出了明确的剪辑标志，拍摄中还可以根据这一部分把所有在公寓内的场景集中起来拍摄，这样会大大节省时间，提高拍摄效率。

详细指明地点会使编剧注意根据角色特点和剧情来选择事件发生的确切地点，准确的地点设置是情节设计中的重要部分，同时对于故事氛围和主要人物性格也有重要作用。比如，在许多美国电影类型中，比如西部片，某些地点就成为了原型，对这些原型的描述详尽而丰富。

(3) 晚上通常处在场次标题最后的位置，是时间的说明，它也为电影剪辑提供了依据，主要是根据两点：情节是发生在白天还是晚上。摄影师也要留意时间上的说明，因为决定了拍摄时的光线，是使用自然光、人工光，还是单纯的夜景。对于编剧来说，他们则经常运用时间来创造氛围。

时间说明还可以更加详细准确，除了白天、晚上，通常还有黎明、傍晚、上午、下午。甚至黄昏也是可以用的，黄昏场景已经被用过很多次，通常都需要导演和摄影师注意控制光线。试想有一个黄昏的场景，我们都希望能够直接在真正的黄昏中拍摄完毕，但是如果没有做到，就需要根据资源来制造出黄昏的效果，无论如何，都必须遵从剧本反映剧情。但是，如果展现剧本中的部分内容需要耗费很大精力，或是十分困难(比如一个黄昏的镜头)，而这部分内容又并不影响主题和情节时，我们是否有必要绝对地依照剧本呢？

从编剧角度来说，创作时除考虑剧情之外还必须考虑技术水平的限制。

以上的例子强调了剧本形式的重要性，为了更加深入地了解剧本的形式意义，我们可以一起对一些剧本的片断进行研究，不过在开始研究之前，我们必须要区分镜头、场次和段落。

1.3 镜头、场次和段落

镜头从摄影的角度来说就是自开拍到停止，在胶片上留下的一段影像，也就是在导演说“开拍”到“停”之间拍摄的场景。这样的解释可以说明为什么编剧是按照场次，而不是按照镜头来安排情节。

场次是由多个镜头组成的，并保持着时空上的连续性。

段落是一系列在主体、时间或空间上具有连续性的场次，段落的情节可以很容易地拆分成场次。

电影分析经常是以段落为单位。在看一部电影的过程中通常能够很容易地辨析出某一个段落，而在剧本创作时，组段则是有一定难度的。事实上，段落在时间和空间上通常都应当是连续的，因此人们经常混淆段落和场次，段落在结构上要比场次更加复杂和精细。

1.4 对白

对白是剧本中可以完全排除拍摄的技术因素的部分。我们即将在下部分看到场次标题（外景/内景—地点—白天/晚上）下面的对白。

场次标题是对白部分的附加成分，说明了事件发生的时间地点，是格式中必不可少的。

1.5 分镜头剧本（导演剧本）技术

分镜头剧本，是包含动作、对白，以及导演和摄影师的重要工作资料的剧本。20 世纪 30 年代，好莱坞的编剧们都是在与制片厂的合同要求下创作分镜头剧本的。这样的创作方式,使编剧们可以充分熟悉电影摄制的全部过程、技术设备的具体运用,以及摄影中镜头的变化。导演们可以仅仅关注于演员的表演并按照剧本的场次安排进行拍摄。20 世纪 50 年代末,分镜头剧本开始消失,现在的好莱坞已经不使用分镜头剧本了。

二 剧本的形式

2.1 警示:如何建立严密一致的结构

事实上,要理解剧本的格式不是一件轻而易举的事情。编剧们不应该只要求读者有足够的耐心把自己的剧本读完。剧本的格式应当是统一的,专业的,让每一个读者都能够明白顺畅地读下来。剧本的形式也从另一方面反映出了一个编剧的职业操守。

2.2 格式:例子 1

一只狗的双重生活(1)

内景—屋内—白天(2)

(3)

一个男人(4)枕着枕头睡在一张旧床上,半身盖着一条旧被单,他的手粗糙而且布满皱纹,交叉着放在胸前。他的脚格外好看,露在被子外面,指甲很长。

在床边,晨光刚好照在花瓶中的一束新鲜的银莲花上。在主人的脚下,有一条正在酣睡的狗(5),看不出是什么品种。它很小,但很强壮,它的卷毛是白色的但已经脏了,它的小爪子抖动着。

(6)

外景—草地—白天—托内尔的梦(7)

(8)

我们现在置身于一片茂密的、嫩绿的草坪上(镜头转向阳光)(10)。周围是陌生的行路人,草长得很高,花儿高出草坪。我们飞快地穿过草坪上看起来很泥泞的小路,在我们的前方是一只很大的兔子,它纵身一跳,从我们的视野之中消失了。

一个男人的声音(11)(画外音)(12)听不清又很微弱。兔子跳跃的影像开始变得模糊,它升起的速度越来越慢。从男人语言(画外音)能够逐渐分辨出是在重复一句简短的命令口气的话语,兔子消失了。(13)

特克斯(场外音):(14)(15)到这儿来,到这儿来,到这儿来!(16)

(17)

绿色的草坪像一块镜子那样突然破碎,然后消失。

内景—屋子—白天

托内尔微微颤抖了一下,睁开了眼睛,在离它两米远的地方,特克斯在看着他,70岁的布满皱纹的脸上满是笑意。

特克斯:哦,你做什么梦了?

托内尔把四个爪子伸着放到主人的胸脯上,看着主人,但是主人恶臭的气息又让它反胃,于是托内尔纵身跳开了。

房门打开的声音(画外音)

托内尔一跃藏到了床下,特克斯躺在床上,盖着被子。

内景—屋子—床上(18)

心情紧张的特克斯躺在床上,假装睡着了。

南希夫人(画外音)(19):我知道你已经醒了,克兰甘(20)先生,到时间了。

特克斯一动不动,他皱着眉头,看上去很痛苦。

南希夫人(画外音):克兰甘先生,我必须要进行检查。

特克斯闭上眼睛，他的嘴唇动了一下，停住了，又等了等。

南希夫人（画外音）：那好，（提高声音）（21）喂，吉勒！

内景—屋子—白天

特克斯头发散乱地躺在被子下面，大叫。

特克斯：不要，不要，请千万不要叫吉勒！

南希夫人（22），看上去50来岁的高瘦的护士，冷冷地看着特克斯，把针头插到注射器上。

（23）在床下，托内尔注视着护士细瘦的踝骨离自己越来越近，护士的脚上穿着一双看起来非常舒适的平底鞋。

（24）在床上，特克斯的屁股因为打针已经是青一块紫一块了，特克斯满脸痛苦。

（25）托内尔张开嘴。

（26）南希夫人的手放下来了。

（27）托内尔咬住了南希夫人的脚踝。一声惊叫。

特克斯注视着总令他发抖的南希夫人惊叫着跑了出去。

（28）

完

2.3 解释

（1）标题通常是位于首页上方，用大写[①]表示，也要写上作者的名字。

（2）场次标题，细分为地点、位置、时间，通常用大写表示，放在场次的前面，并按照上文规定的顺序排列。解释性的说明如果是必要的，可以放在最后面。

① 法文剧本的格式有时无法在译文中体现出来。——译注

场次标题的第一部分是：内景，通常与外景相对应。

场次标题的第二部分是：屋内，是情节发生的具体地点。当然，地点会有许多，要注意的就是要和第一部分的内景/外景相一致。

场次标题的第三部分是：白天，是情节发生的时间（与**夜晚**相对应），但有时候，这一部分会根据情节而具体化：白天、黎明、夜晚、上午、下午，等等。

(3) 通常在场次标题和下面的场次内容间要空一行。

(4) 人物第一次在剧中出现的时候，人物名称要大写，之后出现时，就可以用小写，但是首字要大写。我们可以运用很多方法使人物的名字一出现就能被读剧本的人记住。在这个例子中，其实最直接的方法当然是用这个男人的名字“特克斯”来称呼他，但是在这个场次中，特克斯仅仅是一个正在睡觉的男人，于是我们在这里没有必要一开场就赋予他人物特征。

另外，最好不要在一个场次中变换对人物的称呼，因为我们的目的是要让观众记住角色的名称和身份。

(5) 为什么一只狗也要大写？因为在此剧中，托内尔同特克斯和南希夫人一样也是一个角色。

(6) 通常一个场次开始的时候，场次标题和上一场次的结尾之间要空两行。

(7) 这个场次标题看起来有些不同。再举一例：

外景—草地—白天—托内尔的视点(POV)

这样的书写形式表明了本场次是整体从托内尔的主观角度来叙述的。POV意思是视点，是英文 point of view 的缩写，在法语中则是 PDV，是法文 point de vue。在下面的情况下，多用法文的 PDV：

外景—草地—白天—托内尔的思想/—托内尔的 PDV

(8) 只空一行。

(9) 用这种叙述方式:“我们知道”,好像我们也一起进入了托内尔的梦中。

不过如果是叙述托内尔的想法观点我们就不能用“我们”来叙述,因为要表达的是托内尔的主观想法。这种口吻的运用要因编剧的个人习惯来定,并且还要注意保持剧本整体叙述口吻的一致性。

另外,用“我们”给人的感觉是剧本很主观,我们看到的都是托内尔的想法。

(10) 在这里提到了摄影机的位置,但是,就剧作家的剧本而言,一般并不提到摄影机的位置。但是在本例中,正如我们能够感受到的,作家运用“我们”这个代词,并且一直是从托内尔的视角来描述,这就告诉观众此时的摄影机是主动的,它所表现的就是托内尔的视野。

许多人都认为,上述的这种表现手法给剧作家提供了很大的发挥空间,以表现他所想要表达的内容和境界。因此,对于那些刚刚开始进行创作的剧作家来说,其实可以有许多表达的手段、镜头、角度以及焦点等。但是运用这些手法的前提必须是编剧在之前要对表达的剧情有一个整体合理的认识。对于编导来说,面对众多的情节安排,也要避免对于某个情节或者人物过于偏重,或者是在运用焦距和长短镜头时过于强调细节,还要避免过度运用俯摄和全景,有时导演会感觉到剧作家的工作限制了自己的发挥空间。但是其实不然,就像木匠一样,导演可以选择剧本中自己认为最精彩的“木料”,然后对它精雕细刻。

(11) 剧本中所有对于音响的描述,不论是声音、音乐还是无论什么音响,都用大写表示,在对话中也是同样的规定。

(12) 外(off)是画外音(英文:off-screen;法文:hors-champ)的简写,即声音或是对话虽然是本场次的内容,但是并不在银幕上表现出来。通常也是用大写表示。每次此种情况出现时都要有画外音的表示,人物的画外音虽然不能从银幕上看到,但却属于情节的一部分。

我们必须保证在剧本中准确标示出画外音的插入时机,以便观众在看到对应景象的时候,就能够听到声音。在本例中,我们就可以看到编剧如何巧妙地运用了这一手法。

(13) 在一个场景内,当叙述部分结束,对白部分开始的时候,两部分之间要空一行,人物的名称要大写。

(14) 在人物名称和人物性格表现或声音特征的说明与台词之间一般没有空格,如此例。表演说明在左边,并且通常是在括号中。

(15)over,场外音,是画外音的对应词,通常是作为对白或其他一些音响效果出现。如果我们认为特克斯并不在托内尔的梦中,我们就可以从特克斯并不出现在屏幕中来证实这一点。他的声音来自于本场银幕外的戏剧情节空间,这也就是"场外音"。

下面我们来看一看在剧本中可以运用的声音效果。所有的声音名词有些来自英文,有些是来自法文的定义,所以应用起来可能会造成一些不便。

事实上,"off"用法文来表示时就是"hors-champ",即场外,英法文解释很对应。在法国的剧本中经常可以见到"hors-champ",有时也可以看到"hors-scene",在英美的剧本中则是"off-screen",都是一样的意思。

"over"即"voice-over"(法文 voix par-dessus),其英文可以非常准确地表达其功用,即表示本场景之外的声音、对话、噪声或者是音乐,法文剧本中也经常会出现"over"。

在语言的运用上对于英文表示和法文表示并没有绝对的限制，但是要注意在剧本中保持表达的一致性，以便于理解。

总结一下已经讲过的使用规则，不要混淆和错用英文与法文的表达。

1. “in”，也就是说是同步的，尽管在剧本中并不出现，但是在剧本评论中经常出现。

2. “hors-champ”，指不在画面之内但是属于本场景的内容。

3. “off”如果声音不属于本场景的内容，就是“over”。

按照英美剧本的规定：

1. “off”之声音来源并不可见，但是属于本场景的一部分。

2. “over”声音来源并不可见，同时不属于本场景的一部分。

因此，为了保持剧本在语言使用上的连贯性，如果编剧使用的是英美的表达规则，“off”(off-screen＝hors-champ)和 over(voice-over＝voixpar-dessus)的用法和本例中一致。编剧也可以运用法文的表示方法：hors-champ(off)，boix-je(over)。

(16) 在对话与说明性的语言之间不必有空行，对话靠左端顶格。

(17) 对话和背景介绍之间空一行。

(18) 尽管故事发生的地点并没有转移，但这里必须再增加一个场次，因为镜头的位置有所变化，这次不是整个屋子，而是特克斯的被毯下。

(19) off 的再次出现，一方面体现了剧本前后一致的格式要求，更重要的是在说明了尽管我们在画面上看不到南希夫人，但是我们能够听到她的声音。

(20) 在场景内的人名永远不用大写。

(21) 较短的说明性语言可以直接穿插在对话之中，也可以放在一句话的后面，以免破坏对话的连贯性。

(22) 下面的场景由许多快切的短镜头组成，剧本的叙述方法是对每个镜头进行技术性描述。剧本在每个镜头间空一行。

(23) 分镜头，这里有必要特写托内尔。

初学者通常回避运用这一方法，因为这种方法运用不当就会使叙述变得不可驾驭，但是就表达和叙述的平衡性来说，分镜头则是不可缺少的。比如说要表达英雄孤独地站在硝烟渐散的战场上，可以仅仅拍摄他的双脚。又如随意从窗中扔出的烟头，从被扔出到落地的镜头转到表现正在下雨的镜头。

(24) 此后是一系列的分镜头(25)、(26)、(27)。

(28) 这个镜头要求有一个屋内的场景转换，我们要从床下转到整个屋子的全景，但是这里没有必要单写一个场景，比如内景—床下转到内景—特克斯，因为位置只是发生了相对的变化。

下面的第二个例子可以帮助读者更加深刻地理解剧本的格式特点，所用的手法与前面重复的不再赘述。

2.4 格式:例子 2

重　逢

外景—奥斯德利兹车站—白天

贝尼蒂特站在火车站的人群中寸步难行。贝尼蒂特大约 40 岁，中等身材，穿牛仔裤和套头毛衣，黑色尼龙布的箱子淋在雨中。之后，一个旅客经过，撞到了箱子，贝尼蒂特并没有理会，箱子就那样在地上放着。贝尼蒂特的嘴角挂着一丝淡淡的笑，眼睛注视着面前火车的名字，她要搭乘的就是这次列车：卡皮托斯(1)。

火车起动(2)。

贝尼蒂特拎起她的旅行箱上了火车。

外景—火车—通道

贝尼蒂特穿过一节一节的包房。旅客们都已经就位了，不少人抬眼看了一眼贝尼蒂特，然后又低下头做自己的事情。

贝尼蒂特来到了自己的包房，一等包房。安顿好行李之后，就在窗边坐下，看着雨打窗户。

贝尼蒂特慢慢地闭上了眼睛。(3)

外景(4)**—包房—片刻后**(5)

雨已经停了，贝尼蒂特睡着了，头轻轻靠着窗户。

外景—包房—片刻后

在贝尼蒂特睡觉的时候，包房里又进来了三个旅客(6)。一个女人，40 岁左右，高而纤瘦，很典型的传统女士的装扮，平实的首饰，但从现在的神情中还能看出一丝年轻时代的机灵。她看起来很悲伤，而且总是陷于冥想。还有一个 25 岁左右的男人，因为包房的舒适环境而显得很高兴，而且看起来平常不怎么发脾气。还有一个是 12 岁的小女孩，看上去孤单而且严肃，让人捉摸不透，穿着海蓝色的制服。

火车突然开始减速，进入了站台，火车进站时轻微的震动使贝尼蒂特醒了过来。她快速地环顾了一下四周，然后又转向窗户，突然，她的目光停留在了包厢里新来的旅客上。之后，眼睛又困倦地闭上了。

尽管困倦，但她的眼光依然很敏锐，她渐渐意识到，她所见的那个旅客似乎很熟悉。她惊讶地用手捂住了脸。

贝尼蒂特(轻声，几乎听不到)：我的天！

贝尼蒂特靠在椅背上，注视着那位女士。

闪回(7)

外景—小河—白天—在水下(8)

水面上波光粼粼。我们(9)从水下经过，然后浮出水面。面前是旅客中的那位女士。她俯身蹲在河边，13岁的面庞上浮现出了一种嘲弄的笑意，然后她向镜头伸出手，嘴唇在动，但说出的话让人听不清楚。

这时另一只潮湿的手，突然从水里伸出来，伸向女孩，但是没有抓住她。(10)

14岁的贝尼蒂特，又跳入了水中，她的浸了水的衣服沉沉的，让她不舒服。但是，轻柔的河水还是让她觉得惬意，贝尼蒂特静静地仰浮在水面上。

贝尼蒂特望着她的伙伴，她的头发是金黄色的，自然地打成了卷。

背景声音是两个女孩快乐的笑声。

女孩(命令地)：贝尼贝尼，快点从水里出来！

女孩：奥德！帮帮我嘛。

奥德(成年)(11)：贝尼蒂特，是你吗？

贝尼蒂特转过身(12)。

奥德：真的是你吗？这真是难以置信！你为什么会在这里？

贝尼蒂特(微笑)(13)：当然了，是我。

奥德惊讶地看着她。因为贝尼蒂特说话略带有英文的口音。(14)奥德惊讶地说不出话来，从上到下地看她。

年轻男子和小女孩看着这两位女士。

奥德:已经有二十年了!

贝尼蒂特:快三十年了,你一点儿都没有变,不论在哪里我都能认出你来。

奥德:是你的口音让我认出你的。这可真是突然。

贝尼蒂特:你知道这些年我很久没有机会说法语了。你过得好吗?

奥德:挺好的,非常好。

贝尼蒂特微笑着点头。

两个女士沉默着看着对方,不知道该说什么,之后两个人都开始微笑。

奥德:你的口音是哪里的?

贝尼蒂特:美国。

奥德:美国!

听到这句话,穿着制服的小女孩惊讶得张开了嘴,眼睛也睁得大大的,使劲盯着这个来自美国的女士,她的话把女孩带回了悲伤的回忆。

外景—美国西部—太阳落山—畜群(15)

一支马队行进在典型的约翰·福特式的山谷中,最后消失在红色的夕阳下。

内景—包厢—白天

两个女士看着穿制服的女孩。

贝尼蒂特(对女孩):深呼吸,来,深呼吸。

女孩深深地呼了一口气,就闭上嘴不说话了。

完

2.5 解释

(1) 这里编剧谨慎地运用了一个跳切镜头。从拍摄整个人群的镜头很快地转到了注视着列车车名的贝尼蒂特的眼睛。编剧并没有关注细节,镜头的运用只起到了提示的作用。

(2) 空行表示一个新的镜头。不过实际上,对于编剧来说,不必严格遵守这一规定。这样做的目的只是为了保证导演能够从剧本中分清不同的镜头,特别是当一个镜头很长,或者几个镜头摄于同一场地的时候。

(3) 叙述很流畅,一系列的短镜头,给观众和读者一个非常紧凑的动作感。

(4) 在法文剧本中 interieur(内景)可以简写成 int。

(5) 因为位置并没有改变,所以是否有必要标出时间是很久以后了? 是的,因为这一点是必须要让读者知道的,虽然在观众看来是一个连贯性的镜头,但其实这是一个时间上的省略。

(6) 过去时(英文与法文剧本)表示时间的流逝。

(7) 闪回,一种叙述方法,即叙述在时间上突然中断,转而叙述过去时间里发生的与现在事情联系很密切的内容,可以叫做"回到过去"。闪回一般在事先就已经借助时空标志暗示给剧本读者了,但是影片的观众只有身临其境时才能发现。对于闪回部分的展开,镜头转换的快慢完全取决于导演的智慧和对于剧本的理解。在上面这个例子里,闪回是回到了二十五或者三十年以前,两位主角都是 13 岁时的情景。注意,对于观众来说,他们在刚开始不会意识到时间的转换,只有当他们看到两个主角非常年轻的脸庞的时候才会发现这一点。另一种方法是,如果编剧要强调这个"回到过去",可以标明:外景—河边—白天—1965 年。

(8) 单独写出是为了分类。

(9) 和前面的例子一样,"我们"暗示摄影机转为主观视点，但是在这里我们并不知道摄影机到底代表谁的“视点”。也许，正因为这样，编剧才在一开始就指出了摄影机的位置。

(10) 间隔一行表明摄影机作为“视点”的手法结束。

(11) 成年女士的声音并不属于本场次的内容，因此是我们上面所说的场外音，这个声音穿越过去，又把我们带到了现实中来。

(12) 这个镜头暗示了闪回的结束。

(13) 对这个行动的解释是针对于演员的，并通常是放在括号当中的，请注意，这样的解释是必需的，因为从对话中并不能看出她的表情。

(14) 奥德的惊喜之意也应当被演员充分地表现出来。同时，对于贝尼蒂特的口音观众可能是开始已经注意到了，也可能是通过奥德这句话才发现的。

(15) 这个镜头既不是闪回也不是闪前(把叙述拉到将来)，这里只是小女孩的想象，她自己的意识和幻想，从形式上看则是地点的转换。接下来的情节会对这个情景有更深入的呼应。

现在，我们已经能够充分体会剧本形式的作用了，下面让我们来看一看情节。

情　节

意图就是内容。

——爱德华·詹姆斯，演员

1.1　记叙的传统

灵感从何而来？编剧们是很少想这个问题的，这看起来有点儿不太合理，但事实上许多编剧自己都不知道自己的写作主题，尽管这对别人来说是显而易见的。经常是批评家们或者是分析家们为了娱乐或是为了赚钱，来把编剧剧本的复杂情节拆解开。主题依靠于编剧的丰富的想像力、表现力，以及背景来源的丰富性。它产生于精神领域，无论表述及呈现的方式如何，都神秘地存在着。或者，如果想象不能够产生灵感，还可以借助于分析或梳理。不过，这通常会让编剧很苦恼，因为不管他们自己是有意识的还是潜意识的，他们所有的灵感都必须要用一系列的现实的参数或事实来呈现，就连人生经历也逃不开传统的范畴。

传统是被讲述的流传久远的故事，内容还包括讲述当时加入的传说，并依据人们当时的文化状态，在漫长的时期中形成，一些内容消失了，另一些则被加入。在这些内容中，有神话传说，也有真人真事，叙述形式也受不同的社会政治经济背景来影响和决定。形式多种多样，比如从类型上看，就有西部片、音乐剧、黑色电影、情节剧，这些也是我们叙述的主要形式。于是，剧作家们通过这些传统的叙述方式，建立起了自己与观众之间的桥梁。

除此之外，对于传统理念的学习，也使编剧获得了许多基本理念和本质观念。

1.2　传说：传统元素的奠基人

约瑟夫·坎贝尔对于传说在当代故事叙述上的巨大影响力的理解可谓首屈一指。比如在他的作品《千面英雄》[①]中，他树立的被神化了的英雄形象，可以在任何一个时代的文化中找到原型。尽管他的表述手法千变万化，但是他的叙事永远脱离不了那些固定的元素。在坎贝尔的作品中，英雄的征途从开始就是不受时间和空间所限的，英雄被驱逐出他的部落、国家和家庭，并在经历了无数挫折和战斗之后，带着真理回到了家乡。坎贝尔所勾画的英雄大多有着神话性的背景，比如说是一位老国王的王子。

在坎贝尔的时代之前，英国的人类学家詹姆斯·弗雷泽[②]在他的作品《金枝》中曾试图证明原始部落中的神话与收成和季节的转换有千丝万缕的联系。按照弗雷泽的理解，春天的到来孕育着一年的好收成，同时而来的通常是英雄远离家乡，长大，并梦想在成年后重归故土，继承年老父亲的皇位。英雄的重归体现着家乡仍旧是自己最终的目的地。这样的元素在我们所熟悉的基督教或佛教的神话中非常常见。

---

① Joseph Campbell：The Hero with a Thousand Face，普林斯顿大学出版社，1968；《英雄永生》(les Heros sont eternels)，巴黎，seghers 出版社，1987。

② James George Frazer(1854—1941)：The Golden Bough，麦克米兰出版社，1900，tran，fr. le Rameau d'or，巴黎，laffont 出版社，1980。

1993年,克里斯托弗·福格勒出版了他的名为《作家之旅:编剧和叙述者[①]的神话结构》的专著,不过这本书从来没有在法国出版过。福格勒对《千面英雄》进行重读并从现代的编剧角度分析了英雄的跋涉经历,虽然分析方法刻板,但结果却是令人惊讶的,因为它非常符合西方古典的编剧规则。其实,英雄们的历程就是建立在不断制造的冲突和战斗以及如何取胜的情节上的。

下面所列出的十二个情节又可以分成三组,我们再来回顾一下当代修辞学中的戏剧元素:

1. 平常的环境背景
2. 向往冒险,离开家乡
3. 梦想受挫
4. 遇见知己、良师或是引路人
5. 越过第一道障碍
6. 遇到同盟或敌人
7. 来到陌生国家的中心
8. 快速进步达到超越
9. 得到报答
10. 回乡路上
11. 领悟并新生
12. 回到家乡

并不是所有的情节都是按照上述的十二个步骤来安排的,经常会按照情节发展或者人物性格来进行删减。不过整体来说,故事的叙述,特别是当代的叙述,一般都是按照这个主干进行的。

下面是一些典型的讲述英雄回归的故事:黑泽明的《战

---

① 原文是"讲故事的人",从文学上讲是指记述故事的作家。——译注

国英豪》(1958),乔治·卢卡斯的《星球大战》(1977),以及特里·吉列姆的《渔王》(1991),在这部电影中,编剧理查德·拉格拉文尼斯运用了一个典型的罪恶国王原型。从这些例子中我们可以注意到的,越来越多的当代电影都是通过坎贝尔提出的英雄回归的手法来结构作品的。所有的影片,尽管其在表达内容上有所不同,有些是文化题材,有些则是从社会经济的角度来反映问题,其编剧都有运用英雄回归的意识,比如《与狼共舞》(1994)、《仇恨》(1995)、《十二只猴子》(1995)、《托辛》(1994),还有《新手》(1995)、《无敌爱美神》(1996)、《来访者》(1992)。

1.3　其他的传统创作元素

除了运用神话情节之外,还有其他的创作元素,比如说原型的运用,也包括典型的社会政治经济事件,甚至是审查制度等等。

原型是叙述中的跨越文化和年代,以某种连续方式重复出现的人物或者象征性的事物。卡尔·荣格把原型定义为人性中最原始的一种冲动,是人类作为一个种族的特征的一部分,源自于集体的无意识。在电影确立了其情节叙述的首要地位后,原型经常是以一个具体的人物体现在电影当中。在电影的故事中,充满了各式各样的原型:狼、外婆、猎人、好心的仙女教母、巫婆、王子、公主等等,这些原型经常反复出现在情节之中,人们对于原型的潜在认识又推动了情节的发展。原型也被福格勒分成了七大类:英雄、良师(有智慧的男性和女性)、守门人、使者、蒙面人、两面派、恶作剧的人①。

① 通常指骗子、小偷、作弊的人。

政治经济事件通常对电影的主题会有很大的影响。

1.4 主题

在个人灵感以及文化影响之外，每个艺术家都会不可避免地遇到这样一个问题，我们在这里把它放到一个很重要的位置，那就是如何超越原始的意象以达到根本意图，如何从主体跨越到最终的情节。

“主题”在这里不能够被简单地诠释为人物特征——英雄、正面人物、反面人物，等等——而是应当被理解为叙述的最终目标。主题就是一个故事的冲突设置和人物设置所要达到的目的。

从根源上来说，主题可以被分成两类：

——来自外部的主题；

——来自内部的主题。

编剧在创作过程中应当强化主题意识，这是很有好处的。

与我们个人经历无关的主题

在这里列表分类是无用的，最好的方法是对实例进行分析，比如事件、灾难、家庭故事。这些叙述会使人们产生共鸣，尽管它们并不是我们的亲身经历。

不同的主题要求编剧首先必须全面熟知所要表达的事物，包括客观层面、感情因素和心理因素，以及表达主题所需要的人物。许多编剧都认为表达一个个人经历之外的主题可以大大地丰富知识，充实思想。

与我们个人经历有关的主题

在这种情况下，创作中经常遇到的困难是主题缺乏客观性，我们在叙述与我们过去的经历在感情或是心理上相近的主题时，尽管我们可以更充分地发挥想象，表达激情，但是通常会使作品失去逻辑感或是平衡感。人物的空洞、情节的不连贯和不真实、对话的空泛使作品看上去并不可信，像是一部让人难以理解的自传。也就是说，编剧并没有拉开自己与过去经历的距离。这种情况在新手中经常发生，他们的叙述经常就是个人经历，他们自认为很了解主题，因而从不进行深入的挖掘。

不过通常还是建议新手们在开始的时候创作自己熟悉的话题，或者是与自己尽可能贴近的故事。难度在于如何把自己的经历写成具有大众化意义的作品。费里尼的大部分作品以及好莱坞的故事都给我们提供了很好的范例，证明这样做是绝对行得通的。

如何把个人的经历扩大化呢？对传统技法的理解有助于我们发现个人经历中与观众可以产生共鸣的地方。

人 物

一 是情节还是人物？

1.1 人物介绍

人物是剧本中不可或缺的重要的戏剧元素。如果没有人物(不论是主角还是配角)情节就无法设立，故事就不会存在。说到人物就一定要提及亚里士多德，在他的《诗学》中，他提出了在西方文明的背景下情节和人物共存的问题。他认为人的存在要由其行为和活动来体现，因此情节优于人物，因为如果没有情节，人物就没有存在的意义。人们经常说，亚里士多德生活的时代是语言优于文字的时代，柏拉图在他的文学作品中总是避免运用书面语，而是讲究运用对话形式，这种形式中动词会不断地更改变化。在这样一种口述性描述的影响下，亚里士多德在他的戏剧中会坚持把人物排斥在故事活动之外。不过，从动作被注意到的时候起，人物开始变得生动起来。通过人物的动作我们看到了剧情的跌宕起伏，而动作则是人物的心理反应、情感反应，或者是生理反应。动作有可能很剧烈，不过在呈现人物时所提的动作，和“动作片”当然是两回事。

1.2 从哪里开始，人物还是情节？

在确立了最初的创作意图之后，编剧们通常会分成两类，一类是从人物着手，另一类则是从某个事件着手。有必要从当代西方的电影入手来探究，来进一步了解这两种受环境和经济社会背景影响的不同的处理方法。其实，人物作为叙述的不可缺少的戏剧元素经常因为受制于情节和角色陪衬而降低自己的地位。这种现象在西方电影中非常普遍，不过也不是一成不变的。好莱坞的电影是侧重于依靠情节推动来叙述故事的，人物的设定完全是依靠情节发展，人物被放到冲突的中心，以求让事件显得更加惊心动魄和具有戏剧性。人们认为，这种叙事方法并不会增强观众的精神体验，近期它的地位下降了，因为霍华德·霍克斯和约翰·福特开始通过他们的作品挑战情节的优势地位。①

动作片经常明显地偏重情节，人物的用途只是完成影片所设计出的工作。《终结者》(1984)、《异形》(1979)、《洛奇》系列、《来访者》(1992)，甚至《独立日》(1996)并不需要一个复杂的人物来推动叙述。这个时候，人物就像是被情节安排好的一个棋子，人物完全为情节的转变而设置，没有什么情节会让观众认识一个非常复杂的人格。

1.3　在人物之前构建情节

从刚才列出的动作片中可以看出，完全可以在设置人物之前先构建情节。但尽管如此，一些年轻的甚至是有经验的编剧在开始构思一个剧本的时候，往往是仅仅构建情节和结构，因为一个严密的情节通常需要一个严密的结构，这中间有两个潜在的危险。

一、人物只是作为次要的戏剧元素，因此它就没有受到应得的重视，它的刻画通常是结构性的，因为它已经被固

① 比尔·科恩，《人物的策略》。电影手册 1994 年 9 月，p483。

定在一个完美的结构之中，起到的是推波助澜的作用。动作片《生死时速》(1994)就是一个很好的例子，编剧的创作完全按照一种情节的范式——“汽车已经陷进去了，如果减慢速度，它就会爆炸!”坐在大巴里的主角令人满意地说。偏重情节而缺乏个性人物的不单只有动作片，喜剧也是一个例子。

二、人物成为了情节的产物，而没有了自己的驱动力。一旦情节被确定下来，对人物来说，不论是正面角色还是反面角色，都是按照符合情节的方向安排的。他们所起的作用只是支持情节，以他们的出现为情节增色，但实际上没有生机。这样的人物是违反戏剧原则的，人物应当是有生命力的。

事实上，人物和情节并不是两个不能相容的戏剧元素，选择了一个就必须要舍弃另一个。可以试图在它们之间建立力量的相互平衡，这样一来人物就可以在一个虽然严密但真实可信的情节当中来展现其自身的故事属性和心理特征。

1.4　在情节之前设计人物

如果情节只是展现人物的背景，那么人物就应该作为主要力量来控制剧本的节奏。这时的人物通常有很强的性格，面对面地与困难斗争，而这些困难则来自其人性的冲突——这是单纯的情节所不能表现的——斗争的结果则是最终解决了人物内在的自身问题。以人物心理和个人发展为根基来创作的编剧们，并不十分注重情节类型，而是强调返回人物本性和人格。许多英语国家的年轻编剧们就是用这种手法来建立人物并发展情节的。《低俗小说》(1994)、《不可饶恕》(1992)、《落水狗》(1992)、《哭泣的游戏》

(1992)、《秘密和谎言》(1996),就是这样的例子。法国电影经常运用基于人物的叙事方法,最终人物和电影都获得了永久的生命力。在《仇恨》(1995)、《新手》(1995)、《寻找一只猫》(1995)这三部电影中,是主角的性格推动剧情的前进。

二　如何构建人物?

肤浅的人习惯守株待兔。

——拉尔夫·瓦尔多·爱默森

2.1　人物雏形

人们通常会认为,没有比构建人物更为简单的事了,因为其实相同类型的人物已经存在。

为了能够使人物在构建背景中栩栩如生,他必须是一个有过去的人。不论这一段过去和当前的情节有无直接关联,它对现在都起着决定性的作用,从另一个角度讲,我们必须了解人物的过去才能够发现其与现在的关联。

构建大师悉德·菲尔德[①]明智地把人物的生活分为两个时空:在影片之前已经存在的,属于内在范畴;影片中所表现的,属于人物的外在范畴,人物的内在属性应当从其出生就具备并一直延续到影片呈现之时;其外在属性则是在影片之中通过他的行为动作所体现的,影片结束即告完成。这样的划分有明显的意义,因为,一方面,在人物和情节设置上给了编剧很大的自由,因为人物是厚实的,人物其实可以在任何时候出场。另一方面,则有效地保证了人物表现的一致性。

① 悉德·菲尔德,《剧本写作的基础》。美国:戴尔出版社,1979。

2.2 如何认识人物?

我们有必要知道人物的一些背景(尤其是文化方面)、心理经历和过去的实际经历,而不是其皮肤或是眼睛的颜色。下面列出了一些必要的元素:

历史背景:

——出生时间和出生地点

——父母概况(种族、社会等级)

——家庭结构(兄弟、姐妹、堂表兄弟)

个人背景

——体能方面的强项与弱项

——宗教背景

——社会地位

——过去和现在生活环境的影响

性格特征

——内向/外向,是否倾向于按照直觉行事

——受害者、无辜者、伪君子

爱好和外表:随着对人物的刻画而变得越来越重要。尽管某些属于群体的特征,比如衣着习惯、喜欢的光碟、是否抽烟,但这些特征或早或晚都会有助于人物的性格刻画,对于一些作家来说,人物的外表特征也会引发性格描述。

另一些人物特征尽管并不能够很明显地在银幕上表现出来,但也是十分重要的。比如说:人物他恐惧什么?他对什么会有所隐瞒?他如何看待死亡?他如何看待自己?他害怕做什么?他对于其他人的态度如何?对于祖国和政治的看法如何?这些背景都只有编剧才知道,但是这些人物的特质在编剧进行创作时会有很大的帮助,它们能够使编剧清楚容易地把握人物和情节的发展。

不过，所有对于人物的刻画并不能代替戏剧冲突的重要性，冲突必须要在一定的故事背景下得以展现。

人物叙述可以表现为各种形式，并不一定要从他的出生地和出生日开始记叙。一个突发事件就可以作为起点来展开叙述。想像力不应当受到任何规则的限制，人物的构建反而应当被用来最充分地展现想象，并最终使人物达到编剧设想的状态。在后面的部分我们将看到人物如何达到自我实现，以及情节如何呈现这一过程。

2.3　如何进行人物研究

在人物的构建过程中我们要明确的是，人物的社会地位是否和故事发生的社会层面一致，因为这种不一致经常是冲突发生的根源，无论对人物冲突、情节发展还是编剧创造力的发挥都很重要。

以下四种情况有时相互交叉，不过很少被人们仔细研读：

1. 当人物的社会文化背景与编剧的完全不同时：马蒂厄·卡索维茨，《仇恨》(1995)的编导，就从未在郊区生活过；

2. 当人物的职业背景与编剧的完全不同时：安娜·汉密尔顿·费伦，《雾中的大猩猩》(1988)的编剧，为了写作这个剧本，在肯尼亚山中居住了几个月的时间，从而体会到迪昂·福塞当时研究猩猩时的状态；

3. 当编剧对人物的生活环境和当时的客观条件没有了解的时候，建议编剧避免这种情况，不过这种情况也偶有发生；

4. 当人物个人的心理状态与编剧的有深刻不同时，比如在以伊斯玛伊教派为主题的电影《再见》中的主角卡里姆·德里迪在戏后承认(尽管他看起来表演得很轻松):“剧中人物和我自己相差很远,而且他的生活状态实在很令人厌倦。”不过无论如何,在进行创作之前,编剧应该首先了解自己与人物的差异,并尊重这种差异。为了更好地塑造人物,应通过剧情来表现这种差异。

2.4 主角

主角——无论其是人、动物,还是植物,无论是木偶、动画还是由计算机生成的数字图像,主角就是剧本故事情节的载体。在他的行动中体现着主体,而同时又构成了情节,他的意志、目标推动了冲突的产生,之后他的勇气又会使他超越所有的障碍达到成功。主角就是观众所认为的一部影片的英雄,他是所有事件的中心人物。

在《剧本的形式》一书中,弗兰西斯·瓦努瓦指出:“剧本的形式已经逐渐开始远离18世纪的叙述模式,对于主角的作用要求并不十分严格。”不过在目前,一个剧本的主角必须要具备以下四个最本质的元素:

——故事和情节必须围绕中心人物即主角展开;

——剧中的主角必须有某种特定的目标,以及在所有事件中的动机因素;

——主角性格的展开是以一定的环境为背景的,而环境也在一定的程度上对主角的举动行为有所作用;

——人物应当在故事发展中有所发展深化。

当代西方的剧作家越来越遵从上面的原则,也许因为这些规定和总结较为实用。也还有其他的一些规则框架,只不过并不以主角及其目的和所面对的冲突为核心,但这些框架已经很少为剧作家们所使用了。

2.5　主角以及目标

根据上述的框架，人物的建立是以他的愿望、志向，以及欲望为基础的，经常可以看到一个具备了以上因素的主角，其性格和人格饱满而令人着迷。如果人物并不能看出在其行为目的中隐含着的希望、志向，这个人物就没有很好地发挥他的戏剧功能。我们可以从很多的经典电影中看出，人物的展现不单纯是依靠其动机，同时依靠的还有其动机的一步步的展现，而展现过程都是通过事件来完成的。

2.6　英雄的既定性

现在看来，编剧们已经在剧本中逐渐摒弃了一些公认的社会道德准则，而去挖掘其他的东西，编剧们需要通过冲突展现出一个有着强烈愿望和动机的人物。但是，马克·韦尔内在他的著作中依然强调"电影应当能够反映一个广大的社会"，因此"剧本中的戏剧元素就应当以社会的价值观以及社会各个阶层之间的差异为根基"。他还说："尽管没有普适的观点，但电影元素起码应当是大众化的。"也就是说，人物的愿望、行动的动机，以及欲望，都是根源于大众意识的，这在西方的剧本中已经得到了深刻的体现。

于是，回到英雄这一类人物上，我们会惊异地发现，当代戏剧中的英雄是先定的，是基于一种社会的普遍价值观而存在的。

人物是"封存"于一定的社会价值之内的，他的受社会价值观所影响的心理状态和性格，又决定着他对事件的态度及其所作的决定。因此，可以揭示人物的行为能够在很大的层面上引起观众的共鸣。

但是，人物的既定性与其独特的发展并不冲突，许多人物就是为了超越其既有的环境而作为独立的意志存在。而人物的既定性与发展性的统一，则在于人物设置的目的。

2.7 没有目的的主角设置

是否存在一些不是为了特定的目的而设置主角的情况？首先我们要做的是来定义“没有目的”，这是指一个主角的存在没有任何动机，尽管他身处危机（情感上的，工作、社会方面的）或者要面对很多问题，他并没有很妥善地按照一定的目的进行处理。

其实，人物之所以没有“动机”，并不是因为他没有目的，而是因为他缺少目的。在一些情况中，主角可能会看似没有目的地做一些事情，但是，当他超越了面临的困难，解决了所有的问题和冲突之后，影片可能会运用一些技巧，比如说闪回，来突然揭示出人物的性格和其目的动机。

三 如何揭示人物？

3.1 通过事件

人物一旦被建立，他就必须经历一系列的事件。因为，如果说是人物和人物的性格产生了情节，不如说是人物性格在一系列的事件中得到了建立和突显。编剧在刚开始的时候通常会犯一个错误，那就是以一系列第一人称的独白来辅助表达人物性格，这种手法在文学作品中很常见。但是，在戏剧中对白才是最基本的叙述元素，而自述不是。所以，尽管许多电影中都出现了独白，但独白的方法并不是电影的创作手法。另一种极端是，一些编剧会在剧本一开始就运用大量的动作、环境描写、人物行为等手法来刻画人物，却没有给人物安排一句对白。

人物的性格是要通过一系列的行为细节以及时间来表现的，而事件从始至终都能够揭示人物，事件可以帮助编剧充分地展现出丰富而复杂的人物。

3.2　通过环境

不论是社会、文化、工作还是家庭，这些环境因素对于揭示人物都有着很大的作用。

在影片《富城》(1972)中，随着斯托克顿这座城市的日渐衰落，以及失业者的不断增加，比利·图里感到，他的生活环境没有给他任何动力，他永远也逃不出生活环境的桎梏，他找不到超越的方法。

而影片《巴顿·芬克》(1992)中，巴顿发现自己被困在一个灰暗的小旅馆里。《我的舅舅》(1958)中于勒先生简单而和谐的生活环境显示了他平和的心态。

事实上，一旦人物出场，他就会与他的环境产生深刻的联系，因此对他的性格也会基于环境而产生一系列的假设。也就是说，包括黑白影片在内，观众在人物出现之后，就倾向于按照环境来对其进行一定的定位。

3.3　通过对白

最常用来表现人物的戏剧手法无疑就是对白。对白，其实用整个一章来分析都不为过。

对白的四个必要的特征是：

必须能够表达人物的想法；

必须能够反映人物的社会地位特征以及性格特征；

必须能够展示情节；

必须能够建立起并体现文章的叙述风格。

从常规上来说，编剧至少要保证对白满足上面的两个要求，如果没有，对白就应该被重新组织，好的对话能够在揭示人物特征的同时表现出情节，我们已经在第二章分析了主题的展开部分，对于一个编剧来说，最有挑战性的就是运用对白来进行主题的展开。

一些建议：

编剧应时刻意识到电影是一个视觉作品，所有必要的信息应当尽可能地通过可视的途径表达，因此，应当尽量减少没有功用的对白，而运用画面简单地完成。

对白并不是单纯意义上的谈话，尽管它会给观众这样的印象，因为它的作用之一也是表现谈话这一情节。对白应当是精心挑选的、有组织的展现人物的一组对话，应当能够反映出人物的处境等等，每个人物的语言都要反映出其不同的性格特征、教育背景以及不同的社会熏染。

冲　突

一　故事的推动力

当两个因素，不管是心理上的还是物质上的（个人、情况、力量、需求、目的或者驱动力），发生对立的时候，冲突就产生了。之后便出现了对峙的情况，不管形势如何，冲突一定是表现为两方的对立。

达尔文在他的巨作中，第一次运用动物的自然本性，解释了冲突的推动力。自然选择的力量可以使一个种族立即失去它曾经被赋予的神圣的自然力。人类的降临也并不是因为什么神圣的力量，而是自然界竞争残杀的结果，是竞争使人类最终达到了现在的位置。自然选择，就是永无止境的冲突和战争，冲突就是使生物世界得以发展的最大动力。而同时，也是幸存者永生都逃不掉的命运。

生物间的冲突理论同样可以用于解释冲突在一个戏剧中所起的重要作用。事实上，戏剧冲突同样是故事的最大推动力。因为如果没有了冲突，就没有了故事。冲突从某种意义上说，就是故事的主题，冲突的结束，一般也就意味着故事的结束。

另外两个达尔文的理论也同样可以用到戏剧的理论中来。其中一个，就是达尔文的自然选择理论，看起来具有终结性的意味。不论故事的结局是圆满还是只是解决了暂时的困境，它们最终都是由外在的冲突决定的。

我们能否下这样的结论：影视的所有冲突情节本质上都来自于内部冲突。《正午》(1952)一直是作为一部善恶分明的影片而存在于我们的记忆之中的。在整个作品中，充满了精彩的善战胜恶的情节，通过一系列的外在冲突表现得淋漓尽致。

事实上，情节中的冲突在西方戏剧中正处于十字路口的境地，受着两种截然对立的倾向的影响。一方面，艺术影片通常被看作是大众电影的对立面，因为大众观看影片通常把冲突作为故事的中心，而艺术电影却不是以一个故事性的情节为中心，而是以一个艺术元素为中心的。另一方面，大众电影则越来越强调冲突的重要性，以至于一些现代电影在戏剧元素上过分地依赖于冲突的设置，这不单单是考虑了功能方面，也考虑到了操作层面。

如果我们把冲突看作是人类内心经历的一种反应，就会自然而然地把这两者联系在一起。这样的一种关系产生了有趣的吸引人的情况。当艺术电影逐渐摒弃冲突而单纯地表现一种元素的时候，一场关于冲突的革命就随之产生了。

1.1 外部冲突

外部冲突，就像其名字所定义的一样，是由外部的自然、社会环境以及角色的职业，或者和另一个角色的作用来决定冲突的性质和原因。

在影片《大白鲨》(1975)中，布罗迪警官必须面对毁坏了旅游胜地夏季海滩的鲨鱼。

在影片《沉默的羔羊》(1990)中，克拉丽斯·斯塔林为了获得有关野牛比尔的情报必须要设法和汉尼拔·莱克特接近。

影片《野河》(1960)中,查克·格洛夫则必须说服艾拉·加斯在田纳西河泛滥之前放弃她的财产。

这些外部冲突的例子都很好地推进了情节,但是外部冲突的使用在任何情况下都是合理的吗?

事实上,编剧运用戏剧冲突来设置障碍,角色因超越障碍而推动了情节,这虽然是一个很好的方法,但是必须注意到,对于冲突的过度运用会造成一种堆砌障碍仅仅是为了制造悬念的印象。这样的冲突积累一般只用在动作片中,在那一类影片中,所要做的就是不断地制造吸引观众的冲突。

1.2　内部冲突与外部冲突

尽管如此,外部冲突依然在剧本中大量存在,而对于其最佳的使用,就是能够通过外部冲突,实现环境与内部冲突的连接,而形成对于情节的更深层次的推动。这样说的原因在于,观众通常都倾向于认可人物心理的和内心的冲突,而不是来自外部的冲突。

如果《大白鲨》中布罗迪警官不得不面对的社会责任与他天生的对于水的恐惧相对立,就会产生所谓的内部冲突。

1.3　冲突和障碍

按照剧本创作时考虑的顺序进行排列,人物、目的、障碍、冲突和解决是戏剧的五大元素,也就是情节设计中需要考虑到的因素。同时,第一个元素会决定第二个元素,第二个元素会决定其后面的元素,以此类推。

从功能的角度上来说,角色是全剧的动力,剧中人应当是既有决断力的,又有目的性的,这决定了如何拍摄。

事实上很难提出绝对有效的，公理般的，既能保持逻辑又很实用的规则。因为剧本的创作是基于内外部的冲突之上，是严格地通过前因而导致的，同时也必须承认，这很大程度上还取决于剧作家本身的素质。然而，以下依然有一些在创作中必须注意的问题。

一、冲突并不是一个结果，或者一个动力。它在五个元素中处于第四的位置，说明冲突对于人物性格的决定不起任何的作用。

二、人物主要是由剧情障碍决定的，也就是说，当人物的发展遇到障碍或者出现对峙局面的时候，人物的性格才能够充分地展现。另外，障碍的本性与目的的本性一样，都是展现主角性格的维度。

1.4 障碍和似真性

从戏剧平衡的角度上来说，所谓成功的剧情展开就是指在人物与冲突的目的之间不断地建立越来越深的联系，于是，主人公的形象就会通过他遇到的困难以及不断出现的冲突树立起来。从另一个角度来说，障碍是必需的。

如果一个主人公在情节发展中没有遇到任何需要克服的困难以及需要解决的冲突，或者是他所遇到的困难并不足以对其自身的能力形成挑战，我们可以毫不留情地说，这样的刻画方式实际上是消减了观众对于主人公的兴趣，因为没有了悬念。亚里士多德第一个在他的戏剧理论中提出，影片的主题是似真的，而非绝对真实的，也非绝对可能的。

《怀疑的悬念》一书就提到了观众对于影片所产生的一种潜在的感觉。毫无疑问，他们对于在剧院里或者在电影中看到的情节会有预先存在的怀疑之感，但同时也默认似真性是应当被欣赏的。

1.5 冲突,建立人物的重要因素

正如前面已经提到的,观众对于人物和影片的认可很大程度上取决于内部冲突的设置。而在影片的表现是基于外部冲突的时候,这种认可则并不明显。另一方面,当我们提到障碍的时候,冲突会紧跟其后。不过,事实上,在外部冲突的情况中,所设置的障碍可能是针对于外部的,它也可以针对于内部,但是最重要的还是避免绝对的真实性,保持似真性并直接为主题服务。

在影片《大白鲨》当中,布罗迪遇到了一个对于常人来说非常简单,但是在他看来却极大的内部障碍,那就是他对于水的惧怕。而此时的外部障碍则是他必须要面对的海水本身。另一方面的外部障碍就是大白鲨,这个障碍同时给观众造成了一个很大的悬念与莫名的恐惧。

在影片《野河》中,查克·格洛夫遇到了非常多的外部障碍:艾拉·加斯的孩子们,一个由于前人业绩差而恼人的工作,他与艾拉·加斯的孙女的恋情,以及由于种族主义的气氛而被搅乱了的生活环境,连绵不断的雨也是一个不能不提的元素。所有的这些障碍都来自于外部,而且是似真的,但是这些障碍增加了观众对于人物的认可,以及对于其内心冲突的关注。

影片《沉默的羔羊》(1990)则向我们展示了一个更加复杂的描述方法。观众自始自终都不能判断出汉尼拔·莱克特和野牛比尔究竟谁才是影片的反面人物,因为影片在对两个人的刻画上使用的手法十分相似。但是,当真正的问题出现的时候,也就是当对人物性格设置的障碍发挥作用的时候(野牛比尔的恐怖想法,克拉丽斯的孤独,她对于成功的难以遏制的渴望)。人物的深化是可见的,尤其是当克拉丽斯与莱克特在一起的时候。这种对于人物身份的铺垫刻画在动作片中也经常运用。

我们已经能够从上面的三个例子当中看出外部冲突在勾勒人物的过程中所起的作用,同时,外部冲突和障碍的设置也铺垫了能够被超越和解决的内部冲突。

"能够被超越",这个提法非常重要。编剧不要不耻于大众电影的冲突解决方式,因为观众对于戏剧的结尾都抱有一定的希望,从戏剧创作的规则来说,一个影片的结尾,不论层次紧凑还是宽松,都要能够从精神上,或者是从冲突的解决中达到最后的升华。不过这种规范是针对于把冲突的解决作为结尾的影片来说的。事实上,全剧的结尾,是影片对观众的承诺的一部分,如果能够达到一个完满的结局,或者是皆大欢喜的结局,对于影片的整体框架和人物形象的完整是十分重要的。

二　如何设置冲突?

2.1　冲突前奏的设置

剧作家们都认为,没有一个戏剧的冲突是没有前奏的。前奏是设置在冲突之前的,它不仅作为核心情节的开端,同时也作为一个冲突的引子,来引起观众的兴趣。

例如,影片《第四个证人》,以深夜的街道为开端,一个光着脚的、身材矮小的女人拦住了一辆汽车。汽车猛然靠边停住,一个看起来并不友善的司机,让女人上车,车中的收音机正播放着纳特·金·科尔的《我想听布鲁斯》。而这首歌的歌词就具有讽刺意味,象征着女人两分钟之后的命运:女人被杀害,而司机则被人打昏。同时,一系列反常事件发生,反常人物出现,预示着冲突和毁灭的到来。

2.2　冲突和暴力

冲突并不意味着暴力。总的来说，观众较为偏爱心理上的冲击而非暴力的行为。因此我们在表达心理和情感冲突的时候可以加大强度：一个占有欲强烈的母亲，一个一心工作的冷漠的父亲，一个突然背叛自己的儿时好友，泄露了机密的巡警，等等。这些都是冲突的来源，而冲突也不是要通过血和暴力才能够解决的。

在影片《小孤星》(1990)中，保罗·谢尔登，一个成功的作家，刚刚在他小说的末尾结束了他所创造的女主人公的生命，之后他便出了车祸，并被护士安妮·威尔克斯所救。影片的高潮无疑在于保罗·谢尔登烧毁了凝聚着他两年心血的书稿。

而在影片《谁害怕弗吉尼亚·沃尔夫》(1966)中，在玛莎的假想中，乔治杀掉了她的孩子，这给他带来了很大的难以承受的痛苦，他并没有实行实际意义上的暴力，因为孩子其实并不存在，而仅在玛莎的想象之中。但是玛莎却把她的孩子当做真实的存在。

2.3　家庭冲突和一般冲突

最优秀的冲突是来自家庭的冲突。事实上，来自家庭的冲突是戏剧以及其他叙述的一个很重要的源泉，而且，家庭冲突也是最能够令观众认同并产生共鸣的冲突。在我们的生活中，我们每一个人都至少有一次，不论是愿意还是不愿意，卷入到一场家庭冲突之中。影片《克莱默夫妇》(1979)、《与死人的小小和解》(1994)、《爆竹》(1993)、《性、谎言和录像带》(1989)、《罗西娜》(1994)，都是植根于家庭冲突的影片。戏剧的冲突不一定来自两个绝对对立的敌人，也可以来自朋友，来自丈夫和妻子之间、兄弟姐妹之间，等等。下面是一些主要的家庭冲突：

——哈姆雷特的叔叔杀死了哈姆雷特的父亲，并娶了哈姆雷特的母亲为妻；

——莎伦的爸爸想要找到让她女儿怀孕的那个男人；

——安提戈涅不顾叔叔的禁令，想要安葬她兄长的遗体；

——罗西娜必须要面对其十年以后突然出现的父亲的性侵犯，尽管她的母亲还在。

2.4 冲突和喜剧

许多戏剧都能够在结束之后给人留下欢快有趣的银幕印象，在这中间，作为戏剧灵魂的冲突，起着非常重要的作用。

例如电影《雨中曲》的情节背景是从无声电影向有声电影转换的时期，两个时期的电影艺术转换时的冲突，通过两个主角之间的冲突体现出来，同时，欢快的音乐则增强了影片的喜剧效果。

有人说“喜剧来源于痛苦的回忆”，这句话可以被改写成“喜剧来源于冲突的设置”。许多的喜剧都是从新的角度认识和定义现实的生活，而所用的手法就是冲突的设置，通常是主角如何战胜失败。喜剧通过这种方法使人们脱离日常的生活冲突，来到一个看起来可以由自己掌控的世界。

2.5 冲突和人物

经典的戏剧理论认为冲突能够塑造和改变人物。亚里士多德认为，冲突可以以一种可见的方式对人物产生影响，甚至改变，因此冲突对于人物的塑造来说非常重要。当代的剧作家并不持同样的观点。事实上，从另一个角度看，人格和人物性格的改变，并不如亚里士多德所认为的，是取决于人物情感或者感觉的改变，也不是由冲突引起的。反过来说，人物性格的改变对于情节的发展所产生的影响也非常之小。

2.6　冲突和冲突的解决

在传统的叙述中，冲突是作为全剧的核心而存在的，因此，对于冲突的解决也理所应当地被认为是将剧情带到了结尾。于是冲突与冲突的解决之间就形成了紧密的联系。下面我们就要看一看，尽管没有解决冲突，尽管这样看起来并不太合适，仍然可以对剧情进行很好的收尾。

通过对冲突解决的分析，一般人们会把解决分成以下三种类型：

——完满的解决；

——不完满的解决；

——没有完满的解决。

没有解决可以被视为第四个类型。不过从西方的文化以及电影工业分类的角度来说，很少会涉及这第四个类型。

下面要谈一谈何谓“完满”。

一个完满的解决指的就是，能够使主题得到升华或者使主体精神得到净化，这种净化能够给观众带来一种精神上的满足或者说是激奋，能够通过影片体会到自身存在的意义。因此这种方式的结尾变得非常普遍，同时也可以这样认为，这种升华的情节并不是能够由编剧控制的，并不是由他自己的喜好决定的，而是必须遵从于一个大众的信念或者说是大众口号。不过，是否决定使用完满的解决作为结尾依然取决于编剧。

完满的解决

这样的结尾通常出现在西方经典影片当中，影片的结尾通常都非常令观众满意，大部分的大众电影都是按照这样的模式进行的创作。

在影片《卡萨布兰卡》(1942)中，里克最终还是解决了他与自己、与他的爱人以及维克多甚至德国之间的矛盾，影片的结局也是伴随着所有问题的解决，尽管里克失去了自己心爱的人，从剧情发展的角度来说，依然是一个令人满意的结局。

影片《落水狗》(1992)的结尾是激进而血腥的，但是主人公的个性已经发挥得淋漓尽致。冲突的最终解决——影片的结尾，尽管所有的角色都死去了，依然是完满的，尽管不是那种令人兴高采烈的结尾。恶人自我毁灭。影片的精神得以升华，不论经历了什么挫折，坏人最终得到了惩罚。

在影片《骑术学校》(1949)中，罗伯特发现他的妻子朵拉从来没有爱过他，这个发现伴随着一个长时间的闪回而展开。那个时候朵拉出了一场车祸，躺在医院的病床上，在生死之间挣扎。核心冲突就在于罗伯特如何看待他自己的爱情，他的婚姻，他的希望，以及他所要面对的痛苦的现实：他被欺骗了。于是，罗伯特离开了家和自己躺在床上的妻子，这个决定把影片带到了结尾。现实尽管不尽人意，但是也可以找到最好的状态。

不完满的解决

不完满的解决就是指，在影片结尾，冲突的解决方式并不完满，这其中是有多种原因的，一方面可能是为了与大众的观念契合，另一方面则出于编剧的本意。

影片《末路狂花》中的冲突起源于两个女人和一个男人的关系，并贯穿于整个影片。最后冲突以一种较为极端的方法结束，她们杀死了男人，开始逃亡，遭到警察的追捕，在走投无路时自杀了。影片《死亡与少女》(1994)也是一个以较为奇怪和隐晦的方式结尾的例子。

没有完满的解决

一般来说，很难准确地区分一个完满的解决和一个并没有解决，但是结局很完满的情况。

比如影片《群鸟》(1995)的结尾就很难区分。两个主角梅兰妮和布伦南之间的冲突，特别是梅兰妮和布伦南的母亲之间的冲突，在结尾被很完满地解决了。但是影片中的那些鸟儿，它们最后会去哪里呢？它们最后怎么才会消失呢？这些问题给观众留下了一个巨大的理解和想象的空间，鸟儿的消失也许如它们的突然出现一样，让我们无法解释。但是这个冲突在最后消失了，并没有被解决，只是消失了，给我们留下的是思考。

结　构

一　结构的管理性特点

戏剧结构，简单来说，就是整合情节的一种系统，用一种类似线形的关系把事件与事件以及意外等连接起来，组成完整的剧情。

一个剧作家需要掌握一定的方法才能灵活地构建结构，对叙述进行规整的操作：

——结构体系的机能，比如说省略、闪回、蒙太奇，这些都对时间感和延续性的表现具有很大的作用；

——特殊戏剧情节的运用，比如说情节的迅速推进，突发的转机，以及次要情节的运用，再比如悬念和按照时间顺序对于事件所作的叙述。

——多幕剧，比如三幕剧。

——当然，还包括在第二章和第四章曾经提到过的一些传统的戏剧元素，比如危机、冲突、高潮和问题的解决等等。

1.1　时间和时序性的安排

省略

对于省略，最简单的定义就是，被编剧有意识地疏漏掉的信息、情节甚至是故事，在后面的情节中逐步展现。

在情节之间的省略。这是最经常使用的，也最应当引起编剧的重视，因为这种省略是情节之间被有意识地省略掉的过渡，也是情景之间转换的结点：内景—屋内—白天，之后是外景—人行道—晚上，这是一个剧本的叙述中连续的两场戏，但是可以看出，它们并不是按照时间的顺序来叙述的，有的时候，两场情节也可能在时间上是连续的，但是发生的地点完全不同。

在情节当中的省略。比如说，当人物处于他自己的房间时，我们没有必要叙述出他此后的所有动作，而是应当关注人物的那些令人意想不到的行动。比如一个人拿着拖把和面包刀进了厨房，然后兴高采烈地穿着一条裙子、挎着装有沙拉的篮子走了出来，差一点把篮子打翻。这一串用肢体语言表现出来的滑稽的动作，也同样运用了省略的手法。下面我们来看一看《七次机会》(1925)如何运用省略来表现时间的进程，巴斯特·基顿首先运用省略来迅速地表现一只小狗的长大过程。同样是在这部电影中，人物要调换地点，表现手法就是人物进入了银幕内的一辆汽车，之后淡出，他就到达了目的地，下了车。在所有时间性的省略运用中，《公民凯恩》(1940)是很突出的。其最显著的不同之处就是，在整个作品中，“圣诞快乐，新年好——”这句话反复地出现。当小凯恩 8 岁的时候，他的老师赛切尔，曾祝福他：“圣诞快乐——”小凯恩也同样地回答。年轻的赛切尔老师那个时候 20 出头，温和地说：“圣诞快乐，新年好。”几幕之后，我们在银幕上看到的是成年后的凯恩，20 出头，自言自语着同样的话。

由此看来，省略本质上是一个结构性的工具。因为它的运用推进了叙述。同时它还能让剧作家最快地到达剧情的核心内容。每段情节必须分为开端和结尾，省略的作用事实上就是凝缩了情节以及叙述的元素，最明显的就是删略掉开始和结尾的部分内容。那些冗长的叙述和过于细节化的情节，对于整个故事是没有用的，而且它们还会减慢情节的发展，使叙述显得臃肿琐碎。一位专业编剧提出了一个非常实用有效的写作方法：在情节开端可以稍费笔墨来介绍一些必要元素的细节信息，以免在后面重复叙述，之后就要毫不留情地删掉所有编剧认为与剧情发展无关的情节叙述。

省略的反面可以说就是扩展，不过在剧本中并不常用。但我们会在一些表现决斗的情节中看到这种手法的运用，最突出的就是在西部片中。在这些情节中，编剧会对开枪、决斗展开非常细致的描写，因为这样的情节需要放慢速度，直到枪声响起。这个过程需要一个连续的叙述，在这种叙述中，相对于真实的时间，叙事时间被延长了。另外，在《眩晕》(1968)中，当斯柯蒂再一次找回了他的爱人玛德莱娜后的长吻，也是使用扩延手法的很好的例子。

电影时间与真实时间的同步通常出现在人物交互发生关系的时候，这会给观众一种连贯的感觉，而且会让他们更加深入剧情，细细品味。影片《末路狂花》、《沉默的羔羊》和《性、谎言和录像带》都是这方面的很好的例子。

闪回

开放性的闪回是指，短时间地回到以前的叙述或者以前的人物。不过这种闪回方式现在已经被认为是一种过时的方法，也失去了它在电影叙述中曾经拥有的地位。因为在现实的许多作品中，一些比较懒惰的剧作家倾向于用这种方法来告诉观众一些遗漏掉的信息，而不是从全局的角度来进行结构安排。不过，因为闪回在好莱坞是一种非常常用的叙述手段，它一定有它存在的意义。

对话性的闪回，是应当尽可能地避免的。这种方法通常用在情节的开端，故事的主角就成了叙述者，来向观众讲述他以前的经历。这样的方式实际上是在情节展开之前就强迫观众知道作为故事基础的所有内容。

视觉性的闪回是指以银幕的形式展现之前发生的片断。许多非常有名的影片都运用了这种方式，并且与叙述契合得非常完美，比如《公民凯恩》(1940)、《小巨人》(1969)、《安妮·霍尔》(1977)，都是运用这种方式作为开篇，不落俗套。

开篇性的闪回容易和序幕混淆，因为序幕同样是出现在影片开始，而且也是在情节之前发生的事情。但是，序幕与闪回的不同就在于它并不返回到正在进行的事件上，而仅是发生在第二个场景之前一个月或者几年的一桩事件，确切地说，它是在叙述两个相隔时间较长的事件的时候，运用了省略的手法。《眩晕》(1958)和《2001：太空漫游》(1968)就运用过这种手法。

在叙述过程中的闪回与开篇性的闪回并不完全一样，因为它们相对于开篇性的闪回来说戏剧性更强，而开篇性的闪回则多是信息性的。对于叙述中闪回的最成功的使用，就是能够通过闪回对人物心理和性格进行更深刻到位的叙述，从而使得人物更加丰满。不过，这种揭示人物行为动机的方法也受到了很大的争议，因为编剧更加倾向于使用人物当前的行为来使其自然而然地在观众面前真正鲜活起来。不过，闪回仍然是一个十分独特的叙述方式，尤其是当要“重现被意识封存了的回忆”的时候①。许多电影从其

---

① 雅克琳娜·纳卡什，《好莱坞经典影片》，纳唐大学出版社，1995年，见第六章关于闪回部分的内容。

叙述上就可以看出该作品深受弗洛伊德理论的影响，在这些作品中闪回最常被运用来表现“回到过去”。比如《玛尔尼》(1964)、《爱德华医生》(1945)、《夏日痴魂》(1959)。

在闪回方面有一个有趣的现象，就是观众对于闪回的感觉完全就像切实地回到了人物的过去生活，所有叙述的过去都被观众认为是真实的。有一些影片，比如希区柯克的《欲海惊魂》(1950)正是运用了这种观众对于闪回的真实性的认识，捏造了过去的事实，达到了另一种效果。

还要请编剧注意的就是，闪回从它的性质来说，会使情节发展减慢或者是暂停，因为它把人物的活动定位在了过去而不是现在。

1.2　叙述的配置管理

在探讨了时间手法之后，现在要特别讨论的是对于事件叙述的分配和时序性管理。

戏剧的情节发展

叙述最终极的目标就是要对所有的戏剧元素、信息、主题进行处理，使它们融为一体，成为戏剧。为了达到这个目的，这里提供了几种常用的方法，包括对长度、复杂性以及场景时序的控制。

场次的筛选和排列顺序能够决定情节，同时也确立了剧本的结构。一个情节通常是由时间上连续的五个场景组成的：

1. 一个女人被暗杀；

2. 她的丈夫被捕并且被起诉有罪；

3. 丈夫的情妇找到了证明他有罪的证据，但是她决定帮助他；

4. 男人被宣布无罪；

5. 男人和他的情妇离开自己的国家，来到加拿大。

下面的第二个情节同样是由五个时间上连续的场景组成：

1. 一个女人被暗杀；
2. 她的丈夫被捕并且被起诉有罪；
3. 他的情妇在整个过程中帮助了他；
4. 他们一起离开去加拿大；
5. 在加拿大情妇发现了男人有罪的证据。

可以看出，上面两个序列唯一的不同之处就在于，发现男人罪证的场次被放到了不同的位置，这样就把一个主角是同谋罪犯的情节变成了主角是无辜者的故事。可以看出，每一个场景都有它不同的结构，就像影片的基本结构一样，有开端，有发展，有结局。

次要情节

次要情节也是支持主题的戏剧元素。它处于主要情节的外围，通过波折、人物对主要情节进行强化，使主要情节更加突出。次要情节是为主要情节而存在的，而且要随时与主要情节保持一致，但是仅仅做到不离题并不够，还要做好配角。

有许多影片是没有次要情节的。比如：《致命的诱惑》(1987)、《逃亡》(1944—1945)、《回到未来》(1985)。在另一些影片中，次要情节几乎很难被察觉，因为它们与主要情节呼应得很好。

《八音盒》(1989)就是一个很好的例子，在这部影片中次要情节的安排使得主要情节更加鲜明而有光彩，主题更加突出。安妮·塔尔博特是一个律师，她的爸爸迈克尔·拉兹洛被指控为二战时在匈牙利犯有罪行。于是迈克尔要求安妮为自己辩护。影片的主要故事就是以法庭为背景而展开的，主要情节则是一个律师与被告人之间的曲折矛盾的关系。而同时，影片的次要情节独到地选择了揭示出父亲在战争中的罪行。这对其女儿产生了深刻的影响。她应该继续为自己的父亲辩护吗？

另一个著名的例子是影片《重罪与轻罪》(1989)。这部电影可以帮助新编剧们充分认识次要情节的价值、意义、作用和力量。在这部电影中，多个次要情节并行发展：

1. 朱达·罗森塔尔是一名眼科医生，他突然决定要摆脱他的多事的情妇。于是其兄弟建议他雇用一个职业杀手来完成暗杀。这样多洛雷丝·佩利可以永远地消失，而朱达·罗森塔尔也不用再为这场谋杀担忧。

2. 克利夫·斯特恩(伍迪·艾伦饰)是一个纪录片导演，他同样地突然决定要拍摄关于一个哲学家的影片，而这个选题并不十分受人欢迎。他的姐夫是一个银幕上的活跃人物。姐夫建议他自己来完成整部影片的拍摄。而斯特恩则决定拍摄一部以他的姐夫为中心人物的纪录片，这将是独一无二的。

这两个情节被交错展现。

3. 第三个情节，显得并不十分重要，主要是叙述一位拉比[①]，他的视力下降得非常快，他的眼科医生就是朱达。另外，他是许多宗教团体的成员。

4. 在斯特恩的影片开机之前，哲学家死了。

所有的这些情节以道德和生命认知为主题连接起来。事实是：

——杀害多洛雷丝的凶犯逍遥法外；

——斯特恩影片的主题转为谋杀；

① 古代犹太教中原指精通经典、律法的学者，后为执行犹太教教规、律法并持宗教仪式的人的称呼，意为“老师”。——译注

——代表认知和精神光明的拉比失明了。

转向

转向是指通常无法预见的叙述方向上的突然的转变。通常来说，戏剧中的转向是厄运的昭示。这个与预期和愿望相反的事件在结构组织上一定是必要的而且可能的(参见第一章)。

毫无疑问，冲突从结构上来说是戏剧三段论(参见 1.3 节)的重要元素之一。在英语国家被叫做情节拐点(plot-point)，可以看出，它代表了情节上的重要环节。

在这方面最著名的例子应该就是《俄狄浦斯》，其中最具戏剧性的拐点就是信使带来了那封向俄狄浦斯说明其母亲真正身份的重要的信。

转向的另一个功用就是它能够大大增加观众的紧张感并激发其对于人物命运走向的兴趣，不过这个手法要运用适度。

在电影《恶魔》(1954)中，在浴缸里淹死了校长之后，尼哥拉和克里斯蒂娜把校长的尸体扔到了游泳池里。但是，当游泳池的水被放干之后，两个女人惊奇地发现，校长的尸体不见了！这无疑是一个情节的转向，让剧中人物和观众都大吃一惊。

在电影《精神病患者》(1960)中，玛丽安·克兰从自己的老板那里骗走了四万美元，然后开车潜逃。但是，由于内疚心理的折磨，她最终在一所远离公路的汽车旅馆停下，并决意回去。没想到却在这个旅馆里遇害。这样的情节突转使影片的意义加深，从而引出了其要表现的残酷的讽刺效果，同时也鲜明强烈地展现了主人公行动开始时就注定的结果。

情节的转向和突变，是很难区分的。后者可能更加出人意料。最经典的突变(也可以看作是情节的转向，或者是一个突发事件)就是影片《哭泣的游戏》中弗格斯发现了他朋友的真实性别。

不幸的是,突变经常是缺乏真实性的,很多是为了推动情节而人为设置的,很可能是因为编剧无法为冲突找到一个合适的解决方式,于是就选择一种做作的不合逻辑的方式来处理情节。就像在那些西部片中,都是骑兵部队最后赶来拯救开拓者或英雄。不过莫里哀并不鄙视突变的使用,在他的《伪君子》中,国王的出现就是一个很好地利用突变的例子。

悬念

使用悬念的成败取决于编剧为其所做的铺陈。实际上,悬念(或者预测)的基础就是观众知道将要发生的事情,而且并不希望发生,与此同时,剧中人却并不知道。因此,编剧就要注意,当他决定在叙述中运用悬念的时候,要改变一下思路,尽量从观众的角度来进行构思,比如对人物刻画到哪种程度会适合观众?在这个主题上,阿尔弗雷德·希区柯克曾经这样来分析悬念与惊讶之间的不同:“比如说我们正在聊天,这个时候,一颗炸弹在桌下爆炸,这件事之前我们并不知道,观众也一样,炸弹是突然爆炸。这件事就会使观众惊讶。而另一种情况是,同样的背景,但是观众已经知道了在桌子底下有一颗炸弹。这时候,我们进入了一个悬念,因为其实观众是在(非常有耐心地,并已经了然于胸地)等待炸弹的爆炸。在第一种情况下,我们给观众呈现的是十五秒的惊讶,而在后一种情况,我们给观众的是十五秒的悬念。”①

---

① 弗朗索瓦·特吕弗,《希区柯克论电影》,第一版,1966年,最后一版,1983年。

1.3 三段式结构

总的来说,美国的职业编剧、戏剧艺术专业的教授以及讲授剧本写作的杂志,都一致强调结构的重要性。而欧洲的当代剧本创作则是建立在人物决定论上,认为人物的意志意愿才是推动情节的动力。于是形成了两个戏剧叙述体系,一方强调情节的结构,而作为另一方的欧洲则是更加随意地进行人物的构建。实际上,欧洲的电影结构同样是在一个潜规则下运作的,那就是结构的三段式。究其实质,不论结构如何,是两段式、三段式,或是其他,最终要强调的是编剧的技法,是结构。也就是说,关键在于如何管理整体的戏剧叙述,这也是在剧本创作中最难把握的一点。对于这个困难的解决之道,如悉德·菲尔德所提的,就是这种广泛使用的三段式的结构。

对于三段式的最原始的定义,来自于两千五百多年前的亚里士多德,目前大部分的创作也都符合亚里士多德的描述。不过,除了亚里士多德的三段式,目前对于三段式结构还有许多其他的论述。无论如何,三段式的结构安排在当代的美国以及其他地方已经被广泛地运用,而其特点也逐渐明显,相对独立于古典主义与现代主义的规则。

菲尔德关于三段式的范式的论述是通过 120 页的剧本为例描述的,在这里我们列出他的框架。

开始:第一段,展开,1—30 页;

中部:第二段,剧情发展,30—90 页;

结尾:第三段,冲突的解决以及尾声,90—120 页。

第一段

在第一段中,编剧会尽可能地提供给观众一些重要的信息,以加强对于剧本情节的理解,包括主题、环境氛围、人物、场景、表达风格和全剧的基调。在菲尔德剧本的前 15

页完成了上述元素的交代，同时也开始了情节的展开，通过一些疑点来引发观众的兴趣和好奇。

第一段经常会以一个突发的事件作为结尾，从而引出第二部分的情节展开。

和其他的部分一样，剧本的第一部分必须以事件为中心，展开全剧的内部冲突。

第二段

第二段是最长的部分，伴随着一系列剧情的突变，剧本的结构也发生着根本性的变化，情节被越来越猛烈地推向高潮，而高潮也就意味着临近尾声。第二段是情节发展的部分，充满着冲突以及障碍和困难，主人公不断地进行克服和超越，全剧的主旨得到深化。

通常来说，第二段会以一个“转折点”开始，这个转折点是对剧本结构起着重要作用的事件，是情节中非常特殊的一个元素，因为它推动整个剧情朝着一个观众无法预知的新方向前进。从结构上来看，它是第二段的开始，要注意的就是不要把“转折点”与“高潮”相混淆，高潮意味着情节达到了冲突的高峰，并且其解决就意味着尾声，而“转折点”则预示着冲突的开始。

第三段

第三段的作用是让冲突全面爆发，将情节带入高潮。其长度短于第二段。编剧对其必须予以特别注意，因为所有的故事线索必须以连贯的方式集中到一起。编剧应对情节的结局胸有成竹。

二　剧本大纲

2.1　大纲和结构

另一个结构安排环节上不可忽略的技术，就是大纲的写作。“对于事件、人物、目的的一个概括性的总结，一般是一到两页纸，迅速概括出通篇的内容。”①准确地说，大纲是在创作剧本的工作开始之前必须要做的事情。通过大纲，可以逐一列出按照顺序发生的一系列事件，并且能够以此来确保整个剧本的情节平衡。大多数英语国家的编剧都有这样的习惯，那就是在开始创作剧本之前，先编写大纲，即在进入情节的细节之前，对结构以及叙述进行定位和把握。

大纲通常有很多种形式：

1. 仅占半页纸的短小型大纲；

2. 长篇的大纲，通常是二至三页纸，是米歇尔·希翁定义中的大纲；

3. 缩写性的大纲，五十页左右，以现在时的口吻较详细地对整个剧本的故事、情节以及事件进行叙述，不包含对话（专业的编剧不太提倡这种方法，因为，如果整个剧本的重要情节都已经介绍了，剧本写作的作用和必要性就并不突出了）；

4. 概要，是指对于剧本进行分场景的介绍，但是没有对话；

5. 分幕式的概要，只用一句话对于剧本的每个场景进行概述。

有一些规定是在写作中必须要注意，并且要逐一遵守的，下面是不可或缺的两条：

1. 简略型的大纲应当能够浓缩剧本的精髓，用简短概括的语言叙述。下面的例子是由雅克·卢尔塞勒创作的剧本大纲，运用在欧洲普遍使用的口语性的叙述来表示意图。大纲的最大特点就是它的凝练而连贯的情节概述。

---

① 米歇尔·希翁，《剧本写作》，电影手册，1985年。

在巴黎的一对情侣，女孩是《纽约先驱论坛报》的推销员，男孩则是杀害了一名警察的盗车贼。后来，女孩向警察告发了她的情人[1]。

尽管叙述非常简短，而且并没有涉及到危机或者情节，大纲中的每个句子都是主题的线索。可以这样说，应该介绍的都包括了，但是所有的内容都留有悬念。也可以这样说，如果要想使这样的大纲更加丰富，唯一的做法就是丰富情节。

2. 细节型的大纲基本上就是按照情节叙述的，要包括主要的关键性的情节、转折的事件、突发事件，以及高潮和结局。下面是一个三段式大纲的例子，通过对它的写作逻辑的分析，我们就可以清楚地看出大纲的构架。

第一部分

弗朗克是一个25岁的男护士，已经订婚，在巴黎的一家私人诊所工作，又与罗丝安娜一起在一所医院做护工。当弗朗克和罗丝安娜都在医院照顾病人的时候，有两个十一二岁的男孩潜进了弗朗克的办公室玩耍，把病人资料弄得一团糟，资料散落了一地，男孩们慌慌张张地整理了一下就跑了。之后，在手术中，虽然病人的资料显示的是大出血，医生最终却发现，病人实际上患的是血友病，而这个错误就是由于病人资料错误而导致的。病人的家属起诉，弗朗克和主刀医生分别被判三年有期徒刑。

第二部分

在狱中，弗朗克患了严重的心理疾病。于是就被送进

① 电影《精疲力尽》，导演让-吕克·戈达尔。

了精神病院，并在这里住了八年。当他离开精神病院的时候，他发现自己的未婚妻已经嫁给了另一个男人。在住院的过程中，一直都是弗朗克的姐姐玛丽照顾他。出院之后，一个名叫马克的人与弗朗克联系，并主动提出要帮助他。马克说，他就是当年那两个小男孩中的一个，就是他们不小心弄乱了病人资料。弗朗克很粗暴地拒绝了马克的帮助。

第三部分

玛丽的丈夫克里斯蒂安不能够忍受弗朗克离开医院之后的一事无成，夫妻间经常为这件事情争吵。弗朗克觉得他应当自己对自己负责，于是决定离开。几年之后，弗朗克在地铁里卖报纸为生，他俨然已经成为一个流浪汉了。有一天，他听到一个年轻人叫他的名字，并问弗朗克是否认识他，虽然弗朗克并不能认出这个青年人究竟是谁，他还是接受了年轻人的帮助。

读过一遍之后，我们可以发现，大纲是按照三段式的结构来安排的：

第一部分：简要地引出了冲突，并以弗朗克和医生的入狱（这其实是另一个主要情节）结束。

第二部分：以弗朗克生活了八年的环境作为背景展开。这一部分又可以分为三个小部分：

1. 使观众更加了解弗朗克的另一面；

2. 使观众看到弗朗克如何与疾病抗争，并如何成功地离开了精神病院；

3. 观众能够看到弗朗克如何试图去融入家庭生活，但是最终失败，并以弗朗克拒绝马克的帮助结束。

第三部分：上一部分弗朗克对马克帮助的拒绝使观众

能够预见到这一部分的开端。情节由弗朗克离开并成为流浪汉展开,在弗朗克与马克重逢时发生转向,尽管弗朗克已经认不出为他提供帮助的人究竟是谁,他还是接受了。

许多学习编剧的学生并不喜欢运用三段式的大纲结构。以上述大纲为例,他们不喜欢的就是人物马克的出场方式。事实上,马克对观众来说一直都是陌生的,并且也没有把他和多年以前的那件事情联系起来,同时马克出于负罪感而采取的行为也没有表现出来。有一些学生还建议,本剧的主角实际上应该是马克,而不是弗朗克。

很明显的是,大纲的叙述不能够使马克这个人物取得观众的信任。如果说第一部分还不能够建立人物,第二部分的剧情的突转(马克的再次出现),也应当能够使人物逐渐丰满起来。

另一方面就是大纲叙述中缺乏弗朗克的行动。从大纲中我们并不能看出弗朗克对于马克究竟是什么样的感觉。他让弗朗克在忍受了三年牢狱之苦后又在精神病院度过了八年的时光,弗朗克应该有他的感受。

总之,编剧在创作大纲的时候也要进行一定的过滤取舍,使结构具有组织性。可以将整个大纲分为以下的四个部分:

第一部分:基本不变。主角弗朗克,是一个并不受命运眷顾的青年,在第一部分的结尾,阴错阳差地进了监狱。

第二部分:在监狱,弗朗克被转入了一所精神病院——这是一个戏剧性的转折并应当引起注意——在精神病院中度过了八年的时光。这八年的治疗过程也很重要,应当进行简单的叙述。如果实际的剧本中把这八年处理成为一个从过去到现在的省略,那么大纲就可以运用上述三段论的写法。可是,事实上,这八年对于弗朗克的影响和意义是非常巨大的，我们可以设想一下这八年中弗朗克痊愈的过程，如果编剧是忠于人物的，他一定会在剧本中对这八年详加叙述。所以，在第二部分中，应当把大量的笔墨用于对弗朗克痊愈过程的概述，以及他是如何离开医院，来到姐姐家的。这其中也一定掺杂着许多情绪。

第三部分：应该叙述弗朗克在其姐姐家的生活、家庭中的争执，以及他的未婚妻嫁给了别的男人（是否要提及这个人），最后是马克。观众也一定会惊讶于马克的出现，因为这个人会使弗朗克想起他的过去，而且在过去的叙述中，我们并不知道在并行的时间里，马克身上发生了什么，他如何看待多年以前的事情，他如何看待生活。不过，无论怎么样，在第三部分的结尾，要提到，弗朗克拒绝了马克的帮助。

第四部分：弗朗克开始在街上流浪，他觉得自己无用且令人生厌。不过他离开家也是注定的。他的沦落是有过程的。毫无疑问弗朗克是本剧的主角，因此我们就会关心接下来他会变成怎样，他的心理感受如何，等等。

从以上的例子，我们可以看出大纲对于剧情发展的重要性，它能够帮助发现剧本中内容和结构上的问题，这一切都依赖于一个合理精妙的情节。

2.2　潜藏情节

当代的剧作家面临着一个新的问题，这个问题主要来自于观众。现在的观众可以非常敏锐地发现编剧的手法和对剧情的安排，同时，一些编剧们也开始对于剧本形式进行创新，于是使得剧本结构趋于复杂，出现了潜藏情节。

结　语

电影剧本的形式，和电影的形式一样，已经存在约有一个世纪了。其他形式的叙述艺术，包括诗歌、小说甚至戏剧，在它们存在的几个世纪中不断地发展，演化成了现在的形式。尽管剧本的写作在 20 世纪末发展迅速，但尚未成熟。关于未来，新媒体的发展以及互动技术的改进必将会对传统媒体、电影及电视产生深远的影响。不过，在现阶段，新的技术还只是处于萌芽阶段，而无论如何，其基础依然是叙述的形式。

在 BBC 制作的一次以大卫·里恩与罗伯特·伯勒的合作为话题的节目中，身为编剧的大卫·里恩说，"编剧所要具备的素质从本质上是与导演不同的。"他又说，"希望有一天，能够出现一批既精通文学语言，又能支配电影语言的人才。"里恩同时还评价道："奥逊·威尔斯就是这样少有的混合型的编导，今后一定会有更多这样的人。"

不过，尽管存在着前人的大量优秀的文学或者电影作品，对于新一代编导来说，影响最大的是他们的灵感来源，也就是说，他们的生活、艺术经历，与前人的作品相比，对他们的影响更大。之后，这些灵感就被呈现于作品之中。这些新一代的导演，在创作中也更偏重于对于当代媒体手法的运用，逐渐疏远了传统的戏剧文学的创作方式。

其实，编剧的作用就是在当代电影技术与传统的戏剧性的叙述方式之间架起桥梁，贯穿过去、现在和未来。新的交互技术的使用，以及数字化技术的推广，会带来影像艺术的巨大发展，并逐渐取代传统文学和戏剧的线性结构。因此，编剧就肩负起了一个重担，他既要继承并发展传统的文学戏剧元素，保持住人类艺术的精髓，又要准备挑战新的时代。

片名索引

按照片名、导演、编剧、国别、年代的顺序排列。如果是文学作品，所列的就是作者。

- **A bout de souffle：精疲力尽**，让-吕克·戈达尔，弗朗索瓦·特吕弗，法国，1959 年
- **Agent secret：破坏**，阿尔弗莱德·希区柯克，查尔斯·本奈特，英国，1936 年
- **Alien：异型**，莱德利·斯克特，丹·奥本，美国，1979 年
- **Amarcord：阿曼柯德**，弗德雷克·费里尼，托尼诺·格拉，意大利，1973 年
- **Annie Hall：安妮·霍尔**，伍迪·艾伦，伍迪·艾伦，美国，1977 年
- **Armée des douze singes：十二只猴子**，特里·吉莱恩，大卫·韦伯，美国，1996 年
- **Au nom du Père：因父之名**，吉姆·谢瑞丹，特里·乔治，爱尔兰/英国，1993 年
- **Barton Fink：巴顿·芬克**，乔尔·科恩和伊桑·科恩，乔尔·科恩和伊桑·科恩，美国，1990 年
- **Blanc：白**，克日什托夫·基耶斯洛夫斯基，克日什托夫·佩斯威克，波兰，1993 年
- **Bleu：蓝**，克日什托夫·基耶斯洛夫斯基，克日什托夫·佩斯威克，波兰，1993 年

- **Boudu sauvé des eaux：布杜落水遇救记**，让·雷诺阿，勒内·福舒瓦，法国，1932年
- **Buffalo Bill et les Indiens：西塞英雄谱**，罗伯特·阿尔特曼，阿兰·鲁道夫，美国，1976年
- **Butch Cassidy et le Kid：龙虎小霸王**，乔治·罗伊·希尔，威廉姆·古德曼，美国，1968年
- **Carrington：玻璃情人**，克利斯托夫·汉普顿，克利斯托夫·汉普顿和麦克·赫尔罗伊德，英国，1995年
- **Casablanca：卡萨布兰卡**，麦克·柯特兹，朱利斯·埃普斯坦和菲利普·埃普斯坦，美国，1942年
- **Cercle des Poètes disparus：死亡诗社**，彼得·维尔，汤姆·舒曼，美国，1989年
- **Danse avec les loups：与狼共舞**，凯文·科斯特纳，迈克尔·布莱克，美国，1990年
- **Décalogue：十诫**，克日什托夫·基耶斯洛夫斯基，克日什托夫·佩斯威克，波兰，1988年
- **Dents de la mer：大白鲨**，斯蒂芬·斯皮尔伯格，皮特·本彻利、卡尔·戈特利和约翰·米留斯，美国，1975年
- **Derniere Tentation du Christ：基督最后的诱惑**，马丁·斯科塞斯，保罗·施拉德，美国，1988年
- **Entretien avec un vampire：夜访吸血鬼**，尼尔·乔丹，安妮·赖斯，美国，1994年
- **Et vogue le navire：大海航行**，弗德雷克·费里尼，托尼诺·格拉，意大利，1973年
- **Fenetre sur cour：后窗**，阿尔弗莱德·希区柯克，J. M. 海斯和威廉·埃里什，美国，1954年
- **Fisher King：渔王**，特里·吉列姆，理查德·拉维拉格尼斯，美国，1960年

- **Forteresse cache：战国英豪**，黑泽明，黑泽明，日本，1958 年
- **Grand Bouffe：大饭店**，马尔科·费雷里，拉斐尔·阿斯科纳和马尔科·费雷里，法国，1973 年
- **Grande Illusion：大幻灭**，让·雷诺阿，夏尔·斯帕克和让·雷诺阿，法国，1937 年
- **Guerre des Etoiles：星球大战**，乔治·卢卡斯，乔治·卢卡斯，美国，1977 年
- **Hamlet：哈姆雷特**，劳伦斯·奥利弗，劳伦斯·奥利弗，英国，1948 年
- **Homme qui en savait trop：知情者**，阿尔弗莱德·希区柯克，查尔斯·本奈特和 A. R. 罗林森，英国，1934 年
- **Impitoyable：不可饶恕**，克林特·伊斯特伍德，大卫·韦伯·皮伯斯，美国，1992 年
- **Independence Day：独立日**，罗兰德·爱玛尔赫，迪恩·代维兰和罗兰德·爱玛尔赫，美国，1996 年
- **Jeune Fille et la Mort：死亡与少女**，罗曼·波兰斯基，R. 伊格莱西亚斯和 A. 杜弗曼，法国/英国，1994 年
- **Jurassic Park：侏罗纪公园**，斯蒂芬·斯皮尔伯格，大卫·库博，美国，1993 年
- **Kramer contre Kramer：克莱默夫妇**，罗伯特·本顿，罗伯特·本顿，美国，1979 年
- **Leçon de piano：钢琴课**，简·卡普顿，简·卡普顿，法国/澳大利亚，1992 年
- **Léon：杀手莱昂**，吕克·贝松，吕克·贝松，法国，1994 年
- **Liaison fatale：致命诱惑**，阿德利安·莱恩，詹姆斯·代尔登，美国，1987 年

- **Little Big Man**：**小巨人**，阿瑟·潘恩，卡尔德·威廉海姆，美国，1969 年
- **Maison du docteur Edwards**：**爱德华医生**，阿尔弗莱德·希区柯克，本·赫特，美国，1945 年
- **Manèges**：**骑术学校**，伊夫·阿列格莱，雅克·西居尔，法国，1949 年
- **Maudite Aphrodite**：**无敌爱美神**，伍迪·艾伦，伍迪·艾伦，美国，1995 年
- **Messager**：**送信人**，约瑟夫·罗西，哈洛德·平特，英国，1971 年
- **Misery**：**小孤星**，罗勃·莱纳，威廉·戈德曼，美国，1990 年
- **Mon Oncle**：**我的舅舅**，雅克·塔蒂，雅克·塔蒂，法国，1958 年
- **Mouchard**：**满城风雨**，约翰·福特，杜德利·尼克尔斯，美国，1935 年
- **Mort aux trousses**：**西北偏北**，阿尔弗莱德·希区柯克，厄内斯特·雷曼，美国，1959 年
- **Music Box**：**八音盒**，科斯塔-加夫拉斯，乔·埃斯泰尔哈斯，美国，1989 年
- **Neuf mois**：**九个月**，帕特里克·布拉乌德，帕特里克·布拉乌德，法国，1993 年
- **New York-Miami**：**一夜风流**，弗兰克·卡普拉，罗伯特·雷斯金，美国，1934 年
- **Nous avons Gagné ce soir**：**出卖皮肉的人**，罗伯特·怀斯，阿特·科恩，美国，1949 年
- **Oiseaux**：**群鸟**，阿尔弗莱德·希区柯克，E. 亨特，美国，1963 年

- **Paris, Texas：德克萨斯州的巴黎**，维姆·文德斯，萨姆·斯帕德，德国，1984年
- **Pas de printemps pour Marnie：玛尔尼**，阿尔弗莱德·希区柯克，杰伊·普雷斯顿·阿伦，美国，1964年
- **Patrouille perdue：失踪的巡逻兵**，约翰·福特，杜德利·尼克尔斯和G. 福特，美国，1934年
- **Platoon：野战排**，奥利弗·斯通，奥利弗·斯通，美国，1986年
- **Play time：游戏时间**，雅克·塔蒂，雅克·塔蒂，法国，1967年
- **Port de l'Angoisse：获而一无所获**，约翰·休斯顿，朱斯·福斯曼和威廉·福克纳，美国，1944—1945年
- **Psychose：精神病患者**，阿尔弗莱德·希区柯克，约瑟夫·斯蒂法诺和罗伯特·布洛奇，美国，1960年
- **Pulp Fiction：低俗小说**，昆廷·塔伦蒂诺，昆廷·塔伦蒂诺，美国，1994年
- **Quatre marriages et un enterrement：四个婚礼和一个葬礼**，麦克·尼维尔，理查德·柯蒂斯，英国，1994年
- **Qui a peur de Virginia Wolf?：谁害怕弗吉尼亚·沃尔夫?**，麦克·尼克尔斯，厄内斯特·莱曼，美国，1966年
- **Qi veut la peau de Roger Rabbit?：谁陷害了兔子罗杰?**，罗伯特·泽梅基斯，杰夫瑞·普莱斯和皮特尔斯·希曼，美国，1988年
- **Raisins de la Colere：愤怒的葡萄**，约翰·福特，纽纳里·约翰森，美国，1940年
- **Rambo：兰博**，特德·科什夫，麦克·柯泽尔和西尔维斯·史泰龙，美国，1982年
- **Regard d'Ulysse：尤里西斯生命之旅**，西奥·安哲罗普

罗斯，西奥·安哲罗普罗斯和托尼奥·格拉，希腊，1994年

• **Reservoir Dogs：落水狗**，昆廷·塔伦蒂诺，昆廷·塔伦蒂诺，美国，1992年

• **Retour de Martin Guerre：回到未来**，罗伯特·泽梅基斯，罗伯特·泽梅基斯和鲍勃·盖尔，美国，1985年

• **Rocky：洛奇**，约翰·阿维尔德森，西尔维斯·史泰龙，美国，1976年

• **Rosemary's Baby：罗斯玛丽的婴儿**，罗曼·波兰斯基，罗曼·波兰斯基，美国，1968年

• **Rouge：红**，克日什托夫·基耶斯洛夫斯基，克日什托夫·佩斯威克，波兰，1993年

• **Rue rouge：红色的街道**，弗朗茨·朗格，杜德利·尼克尔斯，美国，1945年

• **Ruée vers l'or：淘金记**，查理·卓别林，查理·卓别林，美国，1925年

• **Safe：安然无恙**，托德·海因斯，托德·海因斯，美国，1996年

• **Secrets et Mensonges：秘密与谎言**，麦克·利，麦克·利，英国，1996年

• **Sentiers de la gloire：光荣之路**，斯坦利·库布里克，斯坦利·库布里克、柯德尔·威廉姆和基姆·汤普森，美国，1958年

• **Sexe, mengsonges et vidéo：性、谎言和录像带**，斯蒂文·索德伯格，斯蒂文·索德伯格，美国，1989年

• **Shining：闪灵**，斯坦利·库布里克，黛安·约翰逊根据斯蒂芬·金的小说改编，美国，1980年

• **Silence des agneaux：沉默的羔羊**，乔纳森·德米，泰

德·塔利，美国，1990 年

- **Speed：生死时速**，简·德邦，格拉罕姆·约斯特，美国，1994 年
- **Sueurs froides：眩晕**，阿尔弗莱德·希区柯克，A. 柯贝尔和 S. 泰勒，美国，1958 年
- **Sur les quais：码头风云**，伊利亚·卡赞，巴德·舒尔伯格，美国，1954 年
- **Terminator：终结者**，詹姆斯·卡梅隆，詹姆斯·卡梅隆和盖尔·安·赫德，美国，1984 年
- **Thelma et Louise：末路狂花**，莱德利·斯克特，加利·科尔瑞，美国，1990 年
- **Train sifflera trios fois：正午**，弗雷德·齐纳曼，卡尔·福曼，美国，1952 年
- **Trente-Neuf Marches：三十九级台阶**，阿尔弗莱德·希区柯克，查尔斯·本奈特和阿尔玛·丽维尔，英国，1935 年
- **Vie est belle：美好人生**，弗兰克·卡普拉，F. 古德里奇、A. 哈克特和弗兰克·卡普拉，美国，1946 年
- **Vol au-dessus d'un nid de coucou：飞越疯人院**，米洛斯·福曼，劳伦斯·胡本，美国，1975 年
- **Witness：证人**，彼得·维尔，维廉姆·凯利和厄尔·华莱士，美国，1984 年

图书在版编目(CIP)数据

电影剧本的创作 /(法)帕朗-阿尔捷著;孟斯译.
—北京:中国电影出版社,2006.10 (2018.4 重印)
(法国 128 影视手册)
ISBN 7-106-02419-8

Ⅰ.电… Ⅱ.①帕…②孟… Ⅲ.电影剧本一创作方法 Ⅳ.I053.5

中国版本图书馆 CIP 数据核字(2006)第 108388 号

图字:01—2005—3248 号

策　　划:李梦学　古　力
责任编辑:吉晓倩
装帧设计:赵子航
责任校对:逸　风
责任印制:刘继海

电影剧本的创作

〔法〕多米尼克·帕朗-阿尔捷 / 著　孟斯 / 译

出版发行	中国电影出版社(北京北三环东路 22 号)邮编 100013 电话:64296657(总编室)　64216278(发行部) E-mail: cfpw@edude.net
经　销	新华书店
印　刷	北京鑫丰华彩印有限公司
版　次	2006 年 12 月第 1 版　2018 年 4 月北京第 5 次印刷
规　格	开本/850×1168 毫米　1/32 印张/2.75　字数/57 千字
印　数	13001—15000 册
书　号	ISBN 7—106—02419—8/I·0607
定　价	15.00 元